KB102538

통일 아리랑

통일 아리랑
고삼석 시집

초판 인쇄 2020년 07월 10일
초판 발행 2020년 07월 15일

지은이 고삼석
펴낸이 신현운
펴낸곳 연인M&B
기 획 여인화
디자인 이희정
마케팅 박한동
홍 보 정연순
등 록 2000년 3월 7일 제2-3037호
주 소 05052 서울특별시 광진구 자양로 56(자양동 680-25) 2층
전 화 (02)455-3987 팩스 (02)3437-5975
홈주소 www.yeoninmb.co.kr
이메일 yeonin7@hanmail.net

값 10,000원

ⓒ 고삼석 2020 Printed in Korea

ISBN 978-89-6253-493-1 03810

통일 아리랑

― 남북통일별곡

고 삼 석 시집

터뜨리자 내 속의 자유 독립 불태우며 일어나자
터뜨리자 오, 우리 자유의 봇물 쏟아지게 하자
터뜨리자 정의의 깃발 흔들며 진리를 세우자
다시 하나가 되어 외침과 함성으로 온누리 뒤덮게 하자

연인M&B

"통일 아리랑"에 붙여

사실은 복잡해도 진실에 이르는 진리란 간단하다. 개인도 주체적으로 인격체로서 사태를 주도적으로 이끌고저 함이 독립 인격체로서 당연한 욕구이듯이 독립국가란 자신의 주권이 다른 나라의 간섭 없이 당사자 문제는 스스로 해결하고저 하며 그 성취욕을 온 국민이 함께 만끽하는 상태인 것이다.

그러나 왜, 나라들은 한결같이 제 나라가 분단국 됨을 싫어하는가? 고대로부터 허약하거나 힘이 없다 여기면 인간 사회가 그러하듯이 같이 도와주는 체하며 결국 알짜 이익은 그들의 이익을 위해 자신이 취하려 하기 때문이 아닌가? 세상에 공짜는 없다지 않은가.

자신에 속한 문제는 그 주변을 경계하며 자기책임 하에 주도적으로 해결코저 하는 의지가 있는가? 자기 민족과 그 나라를 위해서 그 통일을 위해 오직 통일을 위해 주도적으로 힘쓰고저 하는가? 아, 그 누구인가? 이 시대의 사명, 민족의 사명을 껴안을 자 그 누구인가? 바로 당신 아닌가? 그는 바로 자신이다. 너와 나 우리 각자가 아닌가? 그러나 혹, 우리는 통일이 될까 봐 두려워하는 건 아닌가?

순수함과 착함이 경우에 따라 어리석음으로 치부되듯이 자신의 넋마저 지키고저 함이 없어 보일 때 친하게 지내던 나라들도 시신을 뜯어먹는 하이에나, 악한 이웃이 되어 파리 떼처럼 덤벼들기 때문이다.

통일국가가 분단국가와 다른 점은 무엇인가. 민족의 이름으로 같은 하나의 민주, 평화, 헌법 가치에 몰두하며 자국의 이익을 최대한 신장시키며 현재는 물론 앞으로 발전할 수 있는 영역을 넓혀 그 유익을 극대화시킬 수 있다는 것이다.

세계는 양대 전쟁을 치루며 국제적으로 무한 패권 경쟁으로 인한 이념 갈등과 그 냉전 체제에 따른 당시 강대국의 힘의 교착점으로써 지정학적 불리한 운명에 처하고 있었다는 것이고 또 그 시대적인 예감 능력으로 일찍 자강하지 못하고 스스로 독립의 힘을 잃은 약소국 비애를 갖게 된 나라의 처지는 이미 일찍 서둘렀어야 할 자체 혁신을 통한 자강 마비에 있었다 하겠다.

제2차 세계대전 이전에는 왕권으로 대변되는 군국주의적 사고로 군주이념 체제였다면 이후론 민주주의를 표방하는 많은 나라들이 민주 독립을 표방하며 민중 중심의 통치 체계로 변화 발전되고 있다는 특징이 있다 하겠다. 일제 치하에서도 함성으로 1919년 3.1독립선언 후 100년이 지나 다시 시작하는 해에 일부 통일전쟁, 6.25전쟁, 한국전쟁 등으로 불려지는 전쟁, 그 명분도 그 누구에겐 역겹게 여겨지며 결국 조국 분단을 감행한 것을 애통해하며 앞으로는 평화적인 통일 조국의 기틀을 위해 사전에 대화로 치밀하게 준비해야 할 것이다.

노예와 자유인과의 차이는 무엇인가? 주인과 종이 따로 없는 자유민주 체제와 인민독자 체제와 차이는 무엇인가? 이 간단치 않은 질문에 '우리는 그 답이 준비되어 있는가?' 이다. 여기 통일을 위한 시 모음도 작은 준비의 하나이기도 하다.

어쨌든 민족의 남북통일을 추구하는 근본 원인은 이 철학적 질문에 대답하기 위함이요, 조상들과 후대에 이 시대의 사람으로서 용기와 지혜가 충만한 조상으로 그 떳떳함을 보여 주기 위함이다. 나라여! 민족이여! 한민족이여, 이제 일어나라! 정신을 가다듬고 깨어 일어나라!

새날이 밝아 온다. 통일의 날, 남북통일의 날이 다가온다. 오, 민족이여 이제 깰 때다. 이 땅, 새 나라 단군의 백성이여, 일어나라! 지금이 바로 통일 나라 일굴 절호의 기회이다.

세계 평화가 새롭게 열리고 민족들이 제 민족끼리 더욱 하나 되는 새 세상이 열린다. 이제 새 세상이 시작되리라. 인류가 제 민족을 넘어 다시 모든 민족이 한마음이 되는 새 세상임을 외치리라. 통일 문을 열라! 남북 화해 문을 열라! 남북이 하나 된다. 다른 생각들이 모여도 다시 하나가 된다. 6.25전쟁 발발 후 70주년, 그 100년이 되기 전 하나의 나라로 다시 하나 되게 하자. 민족의 외침 모아 큰 함성, 긴 함성으로 삼천리 방방곡곡에 알리며 세계에 널리 전하자. 남북은 하나, 통일로 가자! 오직 통일의 길로만 가자! 우리는 이 길만 가자! 용서의 길, 화해의 길! 바로 남북통일, 통일의 길이다. 각종 경계를 지운 한겨레, 남북통일 만세!

2020년 5월 30일 아침

고삼석

| 차례 |

2

통일의 꽃

4

통일의 날

1부

통일의 길

통일 아리랑

나와 그대의 외침 우리의 부르짖음
그 통일의 함성은 왜 잦아들었나
단장을 에던 전선의 군가
그 슬픈 진중의 노랫소리 산천에 울릴 때
철사 줄에 묶인 병사처럼
철망으로 꽁꽁 묶인 삼천리 반도 조국 강토야
통일 외치며 쓰러진 젊은 피로 그 이름 지우며
죽어서야 전우가 된 남북 젊음들
내 동포의 시신을 넘고 또 넘으며
목숨 건 싸움 속에서 그 무엇에 취해서도
알 수 없었던 이념에 취해 불렀던 통일 아리랑
우리 민족 아리랑은 잠시 잠들어 있어도
한겨레엔 하나의 꿈, 마지막 기상이요
한민족의 이상이다
저마다 깨달아 외치는 우리의 함성은
휴전선인 DMZ는 남북평화공원이 되게 하리라
모든 애환과 백성 한 사람 한 사람 절규인
그 단장의 고통엔 평화의 노래가 되게 하자
가슴 깊은 곳에서 지르는 이 함성 소리
어떤 핵 어떤 무기보다 강하다
오, 동포여 일어나자!
나라를 위해 통일 나라를 위해

우리 민족 한겨레를 위해 힘차게 부르자!
온갖 고통 떨치며 일어나자!
많은 상처 모든 한을 떨쳐 이겨
남북이 기쁨의 통일 아리랑 소리 높여 부르며
우리의 결심과 의지로
남북은 하나 되어야 할 운명임을 되새기고
아리랑 노래 세계에 외치는 합창, 통일 아리랑
높이는 외침과 더 높이 질러 대는 이 노랫소리가
이 함성이 무력 전쟁을 이길 평화 무기, 통일 무기이다
외치고 외쳐라 모두의 함성이 될 때까지
통일, 삼천리금수강산 남북이 통일될 때까지
어떤 무기보다 강한 평화통일 위한 투명 무기이다
통일 함성 아리랑 소리, 통일 노래 합창 들린다
아주 가까이서 크게 울려오는 아리랑, 통일 아리랑.

6.25 남북전쟁 70주년

통일과 해방의 이름으로
세계 평화와 아름다운 구호로
그 거창한 정의와 민족의 이름에 취하여
혹, 거룩한 듯하게 하여
제각각 자유 또는 평등의 깃발 흔들며
뭔가 들뜬 채 치른 무개념의 이념 전쟁은
한겨레 이 민족을 더 참혹하게 하고
삼천리 온 강토를 쑥밭으로 만들지 않았던가?
아, 슬프고 슬프도다 매우 슬프도다
벌써 70주년, 이 전쟁, 너무 비극적이지 않은가?
세월이 흐르고 흘러 지도자는 바뀌어도
바뀌지 않는 동족간 치른 이 전쟁 후유증
미움이 커져 증오는 증오를 부르고
70주년을 바라보는 2020년에도 한반도엔
전쟁의 기운이 사라지지 않았다
남북은 핵, 핵하며 핵탄두로 위협하면
안전할 듯 외치는 듯한데
네가 죽어야 내가 살 것처럼 소리치지만
세계는 우리를 어리석은 바보라 하네
힘없는 바보는 강대국의 놀이에 춤을 추고
꼭두각시처럼 칼날 위에서 칼춤을 추네
불길 속에서 타 죽을 노예처럼 검투를 하네

총성을 멧돼지 사냥하듯 요란하지만
제 부모요 형제를 죽이는구나
이제 그 누구를 위하여 총성을 요란하게 하여
또 그 무슨 부추김에 어떤 전쟁을 하려는가
한겨레인 민족이여 다시 깨어 일어나라!
이미 새벽이 지나 지금은 늦은 아침이다
나라의 이념은 시대에 따라 변하는 것
이념은 늘 새롭게 거듭나고 창조되어야 한다
한민족이여! 단군 배달의 민족이여!
우리는 한겨레, 동족상잔의 전쟁을 하지 말자
뭉쳐, 세계를 선도하는 평화의 나라 세우자
다짐하자, 평하의 통일 위해 다시 걸음, 한 걸음.

백년의 함성

새해가 시작되어 봄이 오기 전에
우리는 아직도 100년 된 함성을 기억한다
만세 만세 하며 부르짖던 그 함성
대한독립 만세 대한독립 만세, 그 만세 소리를…
귓가에 울림이 귓속의 울음이 되어
100년이 되어도 끊이지 않는 이 어지러움
단기 4252년 기미년 서기 1919년 3월 1일 정오에
한반도 삼천리강산 천지를 뒤흔들며 외쳐 댄
선각자와 흰옷 입은 민중 선혈들의 외침 그 함성을
당시 100년 후의 독립을 염원하며 부르짖던 그 함성
앞으로 100년이 되어도 통일을 기도하며 기다릴 이 소원
그러나 100년의 함성이 되기 전에 통일을 향해 앞으로 가자!
올해엔 일찍이 개나리가 피고 진달래도 핀다 하는데
하늘이 도와 이 땅에 따스한 바람이 몰려온 탓이다
꽃샘마저 견뎌 내며 입춘 지나 다시 푸른 생명 치솟는 산과 들
오늘 한반도 단기 4352년 기해년 2019년 3월 1일에
이곳저곳 뭉게구름 떠 있어도 그저 해맑고 파란 하늘아
이 햇빛 찬란한 삼천리금수강산엔
겨울 견뎌 새 풀잎과 푸른 잎 나무로 거듭 성장하며 태어난다
100년 전의 독립 의지 뜨거운 가슴으로 다가와 주인이 자신임을
온 백성의 가슴에 불질렀던 독립정신의 얼이여
오늘 100주년을 맞아 삼천리강산 이 땅과 온누리 향해

자유의 횃불로 이 땅의 민중에게
다시 그 얼에 통일 소원 불질러라!
정의와 평화의 얼로 진리를 향해 자유로이 외쳐라!
아, 조국 통일이여 통일의 나라여!
사람이 사람처럼 살게 될 한반도 남북통일이여!
바람아 불어라, 어서 통일 바람아 불어라!
자, 강과 바다엔 통일 물결이 일게 하고
저 하늘과 산과 마을엔 통일 바람아 거듭 불어라!
터뜨리자, 내 속의 자유 독립 불태우며 일어나자!
터뜨리자, 오, 우리 자유의 봇물 쏟아지게 하자!
터뜨리자, 정의의 깃발 흔들며 진리를 세우자!
다시 하나가 되어 외침과 함성으로 온누리 뒤덮게 하자!
한반도가 거듭날 새로운 나라 남북통일 나라
다시 깨어 일어나라! 통일 조국 만세!
온전한 나라 자랑스런 나라, 미래의 조국 통일나라
외쳐라! 외쳐라! 이 외침, 함성이 되어 통일이 될 때까지
겨레는 하나 한겨레 한반도, 통일나라 만세!

통일 염원

오라 통일이여, 가라 분단이여
한민족이여 한겨레여, 통일을 꿈꿔라
남북 분단의 저 가시담
저 가시철망 휴전선을 허물라
다시 하나 되는 꿈, 이것이 통일이다
그러나 이 믿음 속에
정치적 군사적으로 너에 대한 불신이 있다
이 외침에 나에 대한 너의 불신이 있다
순수 통일 염원에 대한 불안과 공포가 있다
어찌할까?
이 분단 현실
이 뜨거운 통일 염원
아, 통일이여!
한반도의 평화, 남북통일이여!

통일 운동

통일! 통일! 외칠 때마다 찡그리는 얼굴도 많아요
낯선 여인에게 결혼하자고 조르는 모습이라고 할까
눈빛에 느낌은 이국 사람을 대하는 듯하다고나 할까
같은 공간에서 서로 다른 생각뿐인데 어떻게 말을 거나
통일 운동한다고 헛발질이나 하는 것 같기도 해
힘겨운 일이긴 해, 그런 침묵이 무서울 때가 있어
"남북통일하자." 외치면 때론 형제에 구걸하는 것 같아
어차피, 지금은 세계에 통일을 도와달라고 해야 해
이게 우리 남북의 현실이야!

남북통일 가능한가

세계에 물어라
스스로에게 물어라
한겨레인 이 민족에게 통일이 가능한가를
하나님께 기도로 여쭤라
남북통일이 가능한지를
그 누구에게 계시하셨는가?
통일의 그날을…
남북 한겨레여, 함께 기도하라
늘 기도하자 통일이 되는 그날까지
남북통일 가능한가 누가 물으면
"통일, 가능하다." 크게 외쳐라
통일은 믿음으로써 가능하다
남북통일은 겨레의 소망이요
조상의 염원인 조국 통일은
하늘의 도움으로 갑자기 통일이 되리라
남북통일 그날이 도둑처럼 오리라
소망하는 까닭에 통일이 되리라
남북통일이 꼭 되리라
기도 계속하면, 그 어느 날 통일되리라
겨레 마음에 확신 갖고 함께 기도하면
이 한반도는 속히 통일되리라
남북이여 함성으로 대답하라
통일이다, 남북은 하나다.

통일 열차

달린다, 열차 달려간다
통일 열차 남북통일 열차 달려간다
통일 위해 열차 북으로 달려간다
통일 위해 열차 남으로 내려온다
남북으로 오가는 열차 그 횟수 쌓이면
남북통일로 더 가까이 가는 것이리라
북의 자원과 물품 싣고 남으로 오면
남의 물품과 상품 싣고 북으로 가리
그간 단절됐던 열차 선로 다시 잇고 이어
상호 지역의 여행과 교역부터 시작하자
문화 교류 증대하여 하나 되는 연습하자
함께 언제든 아리랑을 부르며 널뛰기와
남북 놀이처럼 땀 섞이는 씨름판을 열자
서로 소식을 바로 알리며 통일 노래 부르자
통일 열차 쉼 없이 오고 가기를 바라자
남에서 북으로 북에서 남으로 가고 오며
이렇게 쉽게 남북 북남 서로 오가며 웃을 때
한반도에 열차여 달려라, 통일 열차 달려라
예쁘구나, 남북통일 열차여 어서 달려가라
부실한 선로는 보수하고 열차는 튼튼하게
통일되는 그날까지 열차여 달려가라
기쁨 같이하고 슬픔은 나누며 정을 더하자
다시 달리고 달려가자
한반도 남북통일을 향해.

통일의 길

서울에서 다시 도라산역에 이르러
통일처럼 트인 철길 각종 물류 오가고
북을 향해 철마 달리면
개성, 평양이 보이고 신의주도 보인다
부산에서 속초를 지나 휴전선을 넘으면
금강산과 원산 앞바다
또 묘향산이 눈앞에 있다
더 멀리 더 북을 향해 달리자
저 중국, 러시아를 지나
유럽에 이르기까지 더 달리자
통일이 되기 전이라도
아주 작은 일부터
또한 사소한 것부터라도 함께하면
자연스럽게 사랑하게 되고
함께하고픈 믿음이 생기리라
소원하던 통일이 이뤄지기까지
한 걸음 한 걸음이라도 먼저 가자
우리의 소원 가슴에 품고
입으로 노래하고 각종 문화 교류며
통일의 그날까지 관광과 경제협력하며
굳세게 견디며 걸어서라도 가자
이 험한 길 아득해 보여도

통일의 길이니 담대히 나가자!
이 민족의 새 역사 위해
차근차근 살피며 앞으로만 나가자
북에서 남으로 여행 와도 반갑게 맞자
백두산에 없는 경치
바다가 보이는 그곳
가장 낮은 곳에서 태양이 솟아오르는
이 장광을 즐겁게 소개하자.

앞으로

아무래도 한 50년은 더 후에야 통일이 되어야 될 것 같아
지난 전쟁과 그 참혹의 전설을 잊게 된 후에야
한반도의 평화와 통일를 생각해야 할 것 같아
피차 악몽 같은 경험들이 더욱 편견을 강화시킨다
세계 평화를 말하며 통일 깃발 들기 더 어려울 것 같아
잊을 수 없는 악몽보다 더 잊혀지지 않는 현실은
지난 세월에 대한 보상받고저 하는 심리가 있다
앞으로 나라 안에서 통일하자고 감히 어찌 말하나
그 누군가에게 통일하며 평화하자고 어찌어찌 말하나
왠지, "통일하자!" 외침으로 피를 흘리게 될까 두렵다
지금 어이없게도 어찌하여 통일마저 두려운 게 되었을까
더욱 암담해져 가는 이념의 이미지가 평화통일인가
앞으로 더욱 자기 검열을 스스로 치열하게 한다.

통일 온도

남북통일 순간을 섭씨 100도라 한다면
지금은 몇 도일까?
70도 아니 60도 아니면 80도라 할까
동쪽에서 태풍이 해일을 일으키듯 방벽을 몰아치고
북쪽과 서쪽에서는 찬바람 몰아치며 내려온다
어찌할까, 어찌할까, 이 일을 어찌할까?
한반도에 내리는 소낙비 언제 그칠까?
일상의 화창한 날이 속히 오기를 기도하며 기다리자
차분하게 기분 가라앉히고 평상심을 회복하자
통일의 그 순간까지 노래하며 즐거이 기다리자
지금 여기 통일 열차는 이미 달리고 있다
지금은 통일 온도 70도이다

마치, 서리 내릴 듯하고
아침 안개인지 스모그인지… 헷갈리는 기상 상태이다.

임진강

한반도 중심에 동에서 서로 흐르는 강물 예나 같아도
북에서 남으로 흐르는 강이 휴전선 지나 휴전선 됐네
평화의 이름으로 자유의 기치로 나눠진 땅— 강과 산
해와 달과 별만 빼고 하늘 길마저 선으로 나눠 놓았네
저 열강의 힘으로 나눠진 땅 언제까지 이대로 가려나
분단에 중독되어 잊어버린 통일 노래 되살리지 못하고
이젠 통일하자 외치는 소리 그 노랫가락마저 겁내네
임진강 바라보며 강화도로 가는 다리, 통일 다리 만들자.

오직, 통일로

통일로 가는 길로 가라
통일로 오는 길로 오라
오직, 통일의 길로 가고 그리고 오라
백두산 한라산이 한반도로 이어져
하나의 나라로 통일이 되는 그날까지
함께 염원하며 통일의 노래 힘차게 부르자
외치자 모두 외쳐 함성이 되면
저 휴전선 지워지고 뚫리리, 확 터지리
분명한 음성으로 모두 크게 외쳐라
"우리의 소원은 통일, 통일이다."
정성을 모아 위대하신 하나님께 기도하자
"이 갈린 민족에게 남북통일을 주옵소서."
세계가 분쟁보다는 평화를 선택하게 하소서
한반도 남북통일이 이념의 벽을 허물고
분열된 세계의 화해의 단초가 되게 하소서
가라, 통일로
오라, 통일로
오직, 통일로
남북통일 위해 가고 오라
자, 가자 함께 통일로
혹 고난의 길이 될지라도 저 통일로 가자
남북통일 만세!

통일이 안 되면

통일 안 하면 어찌 되지
통일되면 무엇이 안 좋은지
이런 쉬운 질문도 해 봐야 해
제 각자가 책임 있게 물어야 해
두려움 안고 사는 세상이야
어쨌든 불안해, 결국 결단이야.

언젠가는 통일

통일되겠지, 그 언젠가는
남북통일 된다, 그 언젠가는…
그 언젠가는 통일되어 만나리…
통일이 되면, 아~ 통일이 되면
우리 만나 평화 노래하리라
그 통일 마당에서 잔치하리라
그 마당에서 즐거이 춤을 추리라
언젠가는 통일된다
기도하면, 꼭 남북통일된다.

전쟁이란

현실적으로 어떤 전쟁도
어떤 더러운 평화보다 못하다
자신이 죽지 않고 아무런 피해가 없는 전쟁이라면
어쩜 가장 짜릿하고 흥미로운 사태일지도 모른다
그러나 전쟁 당사국으로서 그 국민 누구도
전쟁의 공포와 그 후유증에서 예외일 수 없다
집단적으로 인간의 존엄이 무시되고
추악한 본성이 여지없이 드러나는 때이다
이웃 같은 나라에서 조차 무시당하고
집 없는 유랑자처럼 떠돌아야 한다.

남북은 하나다

남과 북 정상이 함께 오른 백두산 천지
더욱 뜻깊이 하는 정상 부부 동반 등정 마침내 함께하였다
이 좋은 분위기 잘 가꾸어 통일의 그날까지 이어 나가자
날씨도 쾌청하고 일행도 즐거운 백두산 천지 산행 물맛 좋다
반가운 얼굴 됐네, 웃는 얼굴 보니 천사의 얼굴일세
진작 진작 이러면 더 좋을 걸, 왜? 이제라도 웃으며 일하세
이제 "남과 북은 하나다." 외치며 반도 금수강산 자랑하세
하늘도 돕는다, 마음 하나 됨을 두려워하지 말라
"남북은 하나다." 세계에 고하라, 외치고 외쳐라!
통일 조국 이룩하며 다 같이 외치자, 함성으로
"조국 통일 만세."

열라

열라! 명령이다
준엄한 하늘의 계시이며
신의 명령이다
저 장막 분단의 벽 부수고
통일 문 열라!
미움과 증오의 벽 허물고
사랑과 평화 문 열라!
질투와 시기 깨어 버리고
화해와 협력 문 열라!
전쟁의 공포 떨치고
평화롭게 협력하는 시대 열라
사랑하며 공존하는 시대 열라
열라!
통 큰 마음으로 열라
열라!
조국 사랑으로 열라
후손 사랑으로 열라
분단을 포기하면 통일을 얻는다
열라!
내 것을 던지면 우리의 것을 쥔다
열라!
작은 것을 버리고 큰 것을 얻자

열라!
시대의 기회이고 하늘의 명령이다
열라!
통일의 문
열라!
활짝 열라, 더 활짝 열라!
통일 문, 저 통일 문
남북통일 문
한반도 통일 만세
한겨레 통일 만세.

통일, 그 하나

잠든 그대, 깨어나라!
가자 앞으로, 저 통일로 뛰어가는 길
자, 통일 깃발 중심으로 모여라
조국 통일, 민족 통일, 나라 통일, 이 위대한 길
홍익인간 주창하는 단군과 조상들이 격려한다
부모의 은덕을 외면하고 형제를 외면한 지난날
이웃을 몰랐던 어리석었던 과거는 내리쳐라
우리를 잃어버렸던 슬픈 지난 역사는 잊어라
공존의 역사 공영하며 번성하는 민족이 되자
자, 풍요의 세상을 향해 앞으로 나아가자
외쳐라!
통일 민족, 통일 나라, 통일 조국 이루는 함성으로
나의 절규와 너의 외침이 모여 우리의 함성으로
나의 외침과 너의 절규가 모여 우리의 함성으로
통일의 함성으로 외치자
하나 된 함성으로 외친다
통일 통일, 남북통일 통일 조국, 만세 만세 만만세!
큰 호흡으로 외치자 통일이여! 아, 통일이여
오라 통일이여 오라, 어서 오라 통일이여 오라
통일 통일, 하나 된 우리 통일, 함께 노래 부르자!
오라 오라 통일 통일, 남북통일이여 오라
통일 그 하나, 통일 남북통일, 속히 이루자

홍익인간으로 다시 거듭나 통일 나라 이루자
홍익인간 깃발, 이 민족 깃발로 세계 평화 이룬다
세계여, 깨어나라! 세계 평화와 세계 공영을 위해!
세계인이여 협력하라! 이 한반도의 평화를 위해!
통일 통일, 그 하나의 나라, 홍익인간 통일 나라.

반갑다, 통일로 가자

와~
질러 대는 저 함성 속에 외침이 있다
통일 통일, 남북통일 조국 통일
평화 평화, 남북 평화 조국 평화
사랑 사랑, 남북 사랑 조국 사랑

와~, 와~
질러 대는 저 외침이 모여 함성이 된다
통일 통일, 남북통일 조국 통일
평화 평화, 남북 평화 조국 평화
사랑 사랑, 남북 사랑 조국 사랑

와~
질러 대는 저 소리에 피맺힌 절규가 있다
조국 조국, 전쟁 중지 전쟁 중지
동포 동포, 민족 사랑 민족 사랑
사랑 사랑, 남북 사랑 조국 사랑

와~, 와~
질러 대는 저 소리에 한 땅 한겨레 한이 있다
다툼 그만, 민족 조국 살려 내라
다툼 그만, 통일 나라 이룩하라
사랑하자, 한겨레여 화해하라

와~
질러 대는 이 소리엔 깊은 겨레 사랑이 있다
통일 조국 한반도에 큰 번영이 일어난다
정신 차려 바짝 차려, 주인의식 고취하며
정성으로 사랑하라, 가슴으로 사랑하자

와~, 와~
질러 대는 이 함성에 기도와 소원이 있다
남북통일 그날이여, 오라 통일이여 오라
반갑고 반갑다, 동포여 오라, 통일로 오라
반갑다 하나 될 남북, 가자! 통일 나라로.

갈라진 산하 잇자

갈라진 남북 땅, 산하 바다 하늘 잇자
잇자, 남북 철도 산업 정치 경제 문화
남과 북 마음 하나 되어 통일하자
남과 북 함께 협력하여 발전하자
외치고 외쳐라 조국 통일 남북통일
잇고 이어라 갈라진 산하, 나눠진 마음
다시 합하여 통일 조국 이루자
다시 하나다 남북통일 이루자
이젠 갈라진 채로 살 수 없다
깨어나라 한반도, 다시 하나가 되자
일어나라 영광 나라여, 하나가 되자.

6.25를 상기함

잊혀 가는 전쟁… 오랜 영화처럼 가물거리는 기억
그것은 나의 어버이가 치른 험한 전쟁이었다
할머니 할아버지 모습이 아른거리는
벼랑의 기억들이 서로 충돌하는 시간이었다
이웃들이 사라지고 형제가 서로 증오하는
이미 조작된 이데아 환상의 전쟁 게임이었다
제 생각이 무엇인지도 모르고 알려 하지도 않고
타인의 생각을 무조건 숭배한 노예의 믿음 탓
6.25는 탐욕의 전쟁이고 조국을 무시한 전쟁이다.

열어라

열어라, 활짝 열어라
그것이 문이라면
마음 문이다
열어라, 모두 열어라
이것이 열어야 할 문이라면
평화의 문 열어라
사랑이 있다
기쁨의 문 열어라
행복이 있다
믿음의 문 열어라
화해가 있다
소망의 문 열어라
통일이 있다
하늘도 문을 열고
온갖 축복 보내며
다툼의 저주
그 어둠을 거두어 낸다
전쟁의 공포
그 절망을 쫓아낸다
생활의 아픔
그 슬픔을 녹여 낸다
열어라! 이 문

너와 내가 열어야 할 문
다 함께 열자
자, 열자!
삐~삑, 와~ 열린다
열어라!
와~ 더 열어라!
더, 더, 더, 활짝 열어라.

더불어 일어나라

겨레여! 지금은 깰 때다
다시 일어나라
잡다한 모든 것 떨치고
일어나라
깊은 잠에서 깨어 일어나라
더불어 일어나라
차마 겨레의 소원 잊었는가
우리의 소원
민족 가슴에 맺힌
절절한 소원 말일세
통일, 민족 통일 아~ 잊힐리야
꿈에도 그리던 통일
그 꿈꾸던 통일이 오려 한다
두 팔 벌려 맞으며
모두 와~ 통일을 외쳐라
더불어 부르짖어라
크게 질러 대는 이 함성으로
온누리가 울리게 하라
통일의 날이 다가온다
더불어 일어나라
지금은 깨어 있어야 한다
모두 노래하자

우리의 소원 "통일 노래"를
통일 통일, 한반도의 통일
새날이 온다
새 세상이 되려 한다
꿈꾸던 희망의 나라를 만들자
통일의 날이 속히 오게
이 통일을 위해 서로 믿고
한민족이여 기도하라
통일은 간절히 원해야 오고
또 우리 것이 된다
통일의 등불을 준비하라
자, 통일의 날이 오고 있다
통일, 남북통일 만세.

통일 바람

한반도 번영을 위해
통일 바람 분다
남북통일 바람 분다
화해와 평화의 바람 분다
지금 너무 따뜻하여
모든 바람도 멈춘 듯하다
남북 수뇌 웃으며 악수한다
한반도 천지에 웃음 바람 분다
공영하자는 다짐
협력하자는 합의
언젠간 통일하자는 약속
박수 속 근심조차 떨치며
이 통일 바람 속에
민족 사랑 부활하여
뜨거운 눈물로 다시 뭉치자
지금 통일 바람 분다
조심해야 할까?
아직은 조심해야 한다
이 통일 바람 따라
밀려오는 밀물인가
이 통일 바람 따라
밀려가는 썰물인가

역사적인 이 통일 바람은
남북 오가며 수시로 바뀐다
바람은 방향을 모른다
어디서 와서
어디로 가는지
왜 그런지 알 수가 없다
무슨 바람일지, 알 수가 없다
통일 바람도 그렇다
결국, 바람은 바람이다
통일 바람도 진정 바람인가?
한반도에 통일 바람 인다
이 열풍, 통일 바람이다.

현충일 단상

국립묘지에 묵념의 물결이 잔잔하다
앞으론 이곳에 묻히는 이 없어도
사랑이 넘치는 사회가 되고 나라가 되어
행복 웃음이 고을마다 넘쳤으면 좋겠다.

2부

통일의 꽃

아, 통일이 되면

아, 통일이 되면 한겨레 우린 참 기뻐하리라
즐겁게 온 거리에 나가 함께 기쁜 기 뿌리면
이 시대 온누리에 꽃웃음 충만케 하리라
남북 산천에 꽃 흩날리게 가득 피면
무궁화꽃처럼 끈질기게
진달래꽃처럼 화사하게
가장 아름답고 행복한 통일 동산 이루게 되리라
그럼 세계가 기뻐하며 웃음꽃 가득 날리리
아, 통일이 되면 이 겨레 진정 기쁘리니
한반도여, 전쟁 없이 평화롭게 통일하자
남북이여, 웃으며 자유롭게 통일하자
남북통일, 통일 나라는 정의롭게 이루자
평화통일, 민주적으로 행복하게 이루자
아, 통일이 되면 한겨레 우린 얼마나 기쁠까
누구도 슬픔 없이 행복하게 남북통일하자
그늘에서 분노하지 않는 참 평화통일하자
그 어디나 금수강산인 이 한반도에
열심으로 평화롭고 안정된 기쁜 통일 이루자
아, 통일이 되면 그 얼마나 행복할까
이 강산 얼마나 행복하고 아름다울까
이미 신이 내리신 많은 보물 곳곳에 가득하고
세상에 온갖 보화 묻혀 있는 땅이다

이렇게 살기 좋은 땅엔 모든 생명이 건강하고
그 어디나 기름진 옥토 온갖 식물이 무성하다
방방남녀 사람마다 용모 뛰어나게 잘났고
그 누구보다 성실하고 부지런한 한민족이다
또한 타고난 여러 재주 사람마다 월등하다
아, 통일 남북통일이 되면 대대손손 행복하리
그 무엇보다 사람이 먼저라 외치는 우리
이 세상 그 어디도 부러울 것 없으리
남의 국민과 북의 공민이 마음과 뜻을 합하여
꼭 민족 염원인 한반도에 꿈같은 통일 이루면
분단 조국은 정성 모아 서로 힘을 합한
다시 하나의 나라, 강한 통일 조국이 된다
한 뜻으로 통일된 하나의 남북은 여러 방면으로
온누리에 희망의 나라 행복한 국민이 된다
참 자랑스럽고 빛나는 나라 거듭 새롭게 부활하며
온누리에 떠오르는 영광스런 평화의 나라가 된다
나라여 깰 때니 일어나라, 통일될 국가가 보인다
단군의 자손이여, 무지와 무능에서 깨어 일어나라
긴 분단의 역사를 쳐부수는 해방될 국가를 위해
자, 깨어 일어난 너와 난 이 시대 통일 일꾼
지금 일어나 함께 남북통일 위해 앞으로 나가자.

철원엔

휴전선 바로 밑, 강원도 철원엔 아직 녹슨 철길 있다
어디든 달릴 수 있는 단단한 철길이 있다
지금은 총 맞아 상처뿐인 녹슨 열차가 멈춰 선 채
주절대고픈 사연 많은 열차, 철길 위 멈춰 녹슬었다
그러나 기어이 남에서 북으로 달려갈 철길이 있다
철원엔 북으로 가고픈 맘 설레게 하는 철길이 있다
저 남쪽에서 올라오는 철길이 있다
북으로 치달리고 싶은 열차의 녹슨 길이 남아 있다
그 철도가 흔적마저 녹슨 채 남아 있다
철원에 오면 1950년 6.25의 흔적을 느끼고 본다
구닥다리 비행기 낡은 소형 비행기를 보며…
당시 빈약한 고사포를 만지며 민족이라 저려오는
옛 사람의 기상과 슬픔과 그 고통을 보면서 느낀다
철원엔, 갈 수 있을 것 같은 녹슨 철길이 있고
달리다 멈춰 버린 듯 녹슬어 낡아 부서진 기차가 있다
철원엔 이름뿐인 통일 구호에 실망이 한숨처럼 번져
통일 국가 건설에 대한 고달픈 절망이 남아 있고
힘찬 통일 함성엔 벅차게 차오르는 기쁜 희망이 있다
철원엔 절망 속에 내일의 희망이 보이고
그 희망이 자라는 광경 속에 통일 환상을 볼 수 있다
고석정에서 물줄기 바라보며 기도하며 외친다
한과 탄식 맑게 씻고, 이 강물처럼 통일이여 오라.

남북통일을 위하여 1

한반도 이 엉키고 엉킨 정세엔
절망이 반 희망이 반이다
아직도 남북통일을 위해 기도함이 가능한가
이 노고가 그 어느 날 헛되이 사라지면 어쩌나
난, 시 한 편 잃고 어쩔 줄 모르는데
제 나라, 제 땅 잃고 안절부절함은 당연하다
이것저것 더욱 엉켜 가는 오늘이지만
제발 내일엔 정돈된 실타래처럼 잘 풀려라
불신 떨치고 서로 신뢰와 기쁨으로 껴안자
영원히 살아야 할 곳, 한반도만이 조국이다
동북아 한반도 남북 갈려도 합치면 통일이다
남북 쉽게 오가면 통일이다
서로 겨눈 총뿌리 거두면 통일이다
너와 내가 쉽게 악수하며 통일하자
남북 서로 살림 합하며 결혼하듯 하나 되자
남북통일을 위해 합창하듯 통일 노래 부르자
우리 소원은 통일이니 꿈같이 와도 좋다
선배들도 꿈에도 소원은 통일이라 하지 않았나
늘 꿈속에서도 한결같은 소원은 통일이라고
아, 남북통일 만세
자, 함께 남북통일을 위해
모두 축배를 들며 통일을 노래하자
자, 춤을 추자, 만세! 만세! 만만세!

통일을 생각하거든

그대 통일을 생각한다면
지금보다 더 단순해져야 한다
통일을 원한다면
지금보다 더 많은 것을 탐하지 말 일이다
어떤 이는 지금보다 더 작은 몫으로도
웃으며 만족해야 한다
통일을 생각하거든
마당도 함께 쓸 각오가 되어 있어야 한다
통일을 생각하거든
많은 것을 포기해야 할지도 모른다
통일은 또 많은 이에게 재앙일 수도 있다
통일이 오면
생각지도 않던 복이 기적처럼 오고
번영과 사랑의 축복이 넘칠 수 있으리라
이는 하늘의 뜻임에 모두 기도하라
신의 축복을 믿는 자들이여
함께 기도하자
지금 통일을 생각하거든
너와 나 정성을 다해 기도하자.

판문점

분단 문은 앞줄에 진열되어 있고
이미 판문도 분단 문이지만
통일 문도 있어요
남북통일 소원하는 이름으로 파는
통일 문이지만
같은 문,
혹 분단 문으로 여기 집을까? 하여
그 이름 판문점 내에
통일 문이라 내걸면
정말 얼마에 팔릴까요?
체제와 이념이 달라도
공존과 공영을 부르짖으며
더불어 애타게 평등을 부르짖으며
또 평화마저 그리워하는 곳
빼앗기기 싫어
끝까지 붙들고 싶은 자유를 위해
어떤 만행에도
목숨 내놓고 기도해야 하는 곳
이곳에는 다른 힘들이 부딪치고
엄숙하게 샅바 싸움하며
항상 부딪치고 있다
평화가 없어도 평화의 집이 있고
자유가 없어도 자유의 집이 있는 곳

북에서는 남쪽에
그 흔한 평화를 주겠다 하고
남에서는 북쪽에
넘보지 못할 자유를 주겠다 한다
여러분, 여기 평화 맘에 들어요
여러분, 여기 자유 맘에 들어요
한반도 판문점엔
평화의 집이 있어요
한반도 판문점엔
자유의 집이 있어요
남쪽 사람들 북쪽 평화 싫어한데요
북쪽 사람들 남쪽 자유 싫어한데요
'자유와 평화의 집' 새로 지어서
함께 지낼까요
'자유와 평화의 집'이라고
간판 새로 내걸까요
자유가 있는 평화의 집
우리 그런 집에 살아요
평화가 있는 자유의 집
우리 이런 집에 살아요
판문점에는 같은 문도
다른 이름으로 판다

그 누구에게는
분단 문이라 속삭이며 팔고
그 누구에게는
통일 문이라 외치며 판다
자, 골라요 골라
어느 문 사시겠어요
문 파는 점포 판문점엔
번영의 문도 판다지요
일단 판문은
되물을 수 없다네요
언뜻 보이지는 않지만
파멸의 문도 있다네요
판문점에 가면
신중하고 조심해야 해요
정말, 판문점엔 반품이 없데요
자, 통일 문 고르시죠?
어떤 스타일 원하세요?
자, 한번 골라 보시죠
거, 얼마요?

우리의 소원

기도하며 꿈꾸리 소망하는 통일 위해
겨레의 소망 한겨레 소망은 민족 통일
남북 땅 그 이름 한반도 휴전선 지워져
통일의 이름으로 자유로이 오고 간다
우리의 소원 첫 소원 그 소원은 통일
우리의 소원 그 꿈같은 소원은 통일
통일아 오라, 쉽게 바람처럼 오라
통일아 오라, 현실로 가까이 오라
통일은 우리의 소망이요 우리의 꿈
날마다 꿈처럼 와 현실이 되는 기쁨
이 소원, 번영하는 평화통일이라오
이 소원, 행복해지는 평화통일이라오
그 모습 건강하다 예쁘고도 아름답다
춤추고 노래하며 이 함성 크게 외쳐라
남쪽 사람, 북쪽 사람 소원 한결같아라
소원은 오직 통일, 남북통일 하나 통일.

만나 보세

만나 보세
내 얼굴 네 얼굴 맞나 보세
함께, 우리 얼굴 맞대며
만나 보세
민낯으로 만나 보세
웃으며 살아온 얘기하며
만나 보세
이게 얼마 만인가
툭 털어놓고 만나 보세
만나 보세
지난 얘기 기억하며
미래 얘기랑 더 많이 나누고
만나 보세
함께할 기쁜 일 많다네
즐겁게 나눌 얘기 쌓여 있다네.

통일 걸음

남북 산천, 예쁜 꽃핀 봄에
통일, 새벽처럼 올까?
저녁 무렵 그 어느 산쯤일까?
통일은 언제나 그리움 저쪽
그 어디에 계시나
돌아가지는 마시고 앞으로만 오시라
한 걸음씩이라도 앞으로만 오시라
통일 걸음 가볍게 하며 오시라
오늘도 기다려지는 남북 겨레의 소망
통일, 어떤 모습으로 올까?
당당하게 멋지게 성큼 오라
통일, 도둑처럼 온다
남북통일 귀인 되어 온다
통일, 새벽처럼 온다
한반도 산천에 가을 맞듯 열매로 온다
한겨레 염원, 통일되어 온다.

통일도 봄처럼 오라

진심으로 통일을 위해 간절히 기도할 때
정성을 모아 "통일이여 오라."고 외칠 때
우리의 통일은 이 봄처럼 서둘러 오리라
허나, 지금 서로 사랑할 준비가 되어 있는가
달라도 상대를 이해할 준비가 되어 있는가
통일이면 진정 헌신할 태세가 되어 있는가
한민족, 한겨레 조상 앞에 함께 다짐하자
조상들의 얼을 받들어 "이젠 하나 되리라."고
우리 통일도 봄처럼 순리대로 왔으면 좋겠다
우리 통일도 남북의 축제처럼 왔으면 좋겠다
통일, 아~ 그날이 오면 꼭 평화 되는 기쁨이거라.

통일의 새

날기 전 새는
온 정신을 모두며 잔뜩 제 몸을 움츠린다
후드득 하늘을 향해 날아오르는 새
아직도 그 몸엔 피가 터져 아물지 않은 새
아, 통일의 새여!
죽은 듯 잠들기를 수십 번 수백 번, 그 얼마였는가?
아직도 살아야 할 희망, 그 이유가 있는 새
평화를 꿈꾸는 세계 곳곳 백성들과 민족들
그곳이 평창이건 평양이건 세계 어디에서건
모여 평화의 올림픽을 열면
제 깃발을 휘날리며 환호하는 곳
특히 시베리아보다 더 춥기도 했던 이번 겨울
2018년 2월 9일 대한민국 평창에서
세계 동계올림픽이 열린다
추위를 견뎌 이기며 제 기량을 펼쳐
세계에 기쁨을 만들고 전파하며
남북은 하나의 깃발 아래 아리랑을 부르며
저 푸른 창공을 힘차게 날개 치며 오를 새가 되리라
꿈꾸는 자와 희망하는 자에게만 보이는
희망의 새, 꿈의 새, 투명한 새, 통일의 새다
통일되는 날까지 통일의 새는 죽을 수가 없다
그래서 불사조다
통일의 그날까지 피 흘린 채로 살아야 하는
이 운명의 새, 통일의 새다

깃털마다 제 피 흘리며
창공에서 평화의 외침이 되고 빛이 되는 함성
온 세상에 펼치는 건강한 평화의 함성
한반도 평창에서 평화의 노래, 통일의 노래, 희망의 노래
더더욱 커져라, 이 통일의 피 흠뻑 마시며
세계만방 모두가 기뻐하며 즐거워할 수 있도록
온 세상 울리게 이 함성 더더욱 커져라
통일의 새는 저 푸른 창공을 날고 싶다
아침이면 해 솟는 이 평화로운 세상을 날며
상처 아문 모습을 맘껏 자랑하고 싶다
환호 속에 통일의 새는 이젠, 확연한 모습으로
희망 품고 제 모습 자랑하며 자유로이 날고 싶다
만민에 외치고 소리 합하여 노래하며 춤추고 싶다
대한민국 국민과 조선공화국 인민이 하나 되는
그날의 이름은 무엇일까
겨레의 희망 남북통일 새, 통일의 새는 날아야 한다
한겨레의 이름으로 저 높이 드높이 날아야 한다
자! 날자, 이번에도 시작하듯 다시 새롭게 시작하자
민족이여, 조국이여, 나라여! 오, 통일 나라여
아, 통일의 새여!
참, 그땐 너의 이름은 무엇이라 부르게 될까
소원 담아 묻노니, 너의 이름은 무엇이냐?
아, 이 겨레 소원도 통일 조국이다
저, 거룩한 통일의 새여 더 높이 멀리 날아라.

영광의 문

인왕산에 무궁화, 영변에 진달래와 산청에 붓꽃
제주의 수선화 흐드러져 방방 널브러져 피어 있을 때
맑은 평화와 밝은 행복의 들판은 영광의 문이다
거룩한 기쁨이 솟구치고 즐겁게 일하는 곳이다
열자 열자, 너와 나 힘 합해 대화하고 그래 소통하자
민족의 영광은 남북이 서로 통일 문을 통해야 간다
모여라 남북 여인아 남북 아이야 춤추고 노래하라
멀리서 들려오는 통일 발자국 소리 그 소리 커 온다
영광의 소리 거룩한 통일의 소리, 남북통일의 함성
들어서라 기회를 저버리지 말고 통일 문에 들어서라
영광의 문은 한반도 통일 문이고 세계 평화의 문이다
주저하지 말라, 이 땅에 시기와 질투 또 탐욕 버림을
일어서라, 통일을 위해 이 땅에 영원한 평화를 위해.

통일, 오직 통일

조국 통일
하나의 마음으로 외쳐라
통일 통일 통일, 오직 남북통일
앞길 어둡고 갈길 험하며 외로워도 가라
더 앞으로 더 굳세게 걸어가라
통일의 소망 품고 한겨레 사랑과 믿음으로
이루자! 통일 조국, 천세 만세 만만세
남북통일의 문앞에 모여, 함께 외치자
통일 통일, 우리 소원은 오직 통일이라고
통일의 여명, 통일의 문앞에 새롭게 밝아 온다
통일 탑 세워 타오르는 이 횃불 높이 올려라
통일 빛 밝게 이 분단의 짙은 어둠 걷어 내며
하늘의 축복받아 평화와 새 생명의 씨앗 되자
자, 이 통일의 일꾼 그 누가 인도할 것인가
다시 통일 인류의 빛이 되는 무지개 나라
거친 역사에 타오르는 꿈의 나라 되자
오라 속히 오라, 꿈의 소원 한반도 통일이여
짙은 어둠 뚫고 통일의 여명 밝아 온다
민족의 얽힌 삶 속에서 얼빛이 쏟아진다
각자 용솟음치는 통일 의지로 드높여 나가라
앞으로 앞으로 통일 앞으로 나가자
고요한 이 땅이 인류 기쁨의 한마당이 되자
통일 이젠 통일, 남북통일이다
영광의 남북통일이다.

통일 문

열자 열자 통일의 문, 나서면 평화의 꽃들판이 있다
통일의 문은 얼음 문, 나팔꽃 피는 철가시 문이다
문 앞에는 냉혈의 얼음 괴물이 있어 수시로 불을 내뿜는다
통일의 문은 망치로 깨부수기보다는
통일의 열정으로 스스로 흔적을 버리게 녹여야 한다
지식과 지혜의 열정으로 인간적인 따스한 입김과 미소로
민족애적 열정으로 모두 모두 한겨레 속에 녹여야 한다
통일 시와 노래로 이야기와 춤으로 아름답게 엮어야 한다
통일 문 서서히 혹은 갑자기 열리며 벽은 사라지리라
우리 모두 아기처럼 함박 웃는 꿈같을 얘기를 상상해 본다
열자 열자 통일 문, 꿈의 문, 희망의 문, 소원의 문
피 흘리지 않고 함께 들어서는 통일 문, 기쁨으로 맞자
얼싸안고 왁자지껄 웃으며 통일 문, 함께 남북통일 문 들어서자.

평창 동계올림픽

아, 알려라 이 소식 세상에 알려라 널리 알려라
그리스 아테네 신전에서 여신처럼 아름다운 여인이
저 푸른 하늘 찬란한 태양으로부터 신성한 빛을 받아
2018년 2월이면 평창에서 타올라 동계올림픽이 열린다
방방에서 평화의 제전에 모인 건아 승리로 겨울을 이긴다
평화의 투지로 제 나라 깃발 힘차게 흔들어 펄럭이며 뛴다
승리의 깃발 높이 세우고 세계에 알려라, 힘차게 울려라
아, 진군의 나팔을 불며 힘 있게 나가자 통일의 건아들.

통일을 위하여

그대의 꿈은 무엇인가
너와 나의 꿈은 통일인가
이룰 수 없는 꿈에 대해 말장난이나 하는 건 아닌가
아득히 느껴지는 통일에 대한 생각
외치는 그 순간부터 의심이 솟는다
통일을 빌미로 통일 장사나 하는 건 아닌가
괜히 슬퍼지고 답답하다
우리의 소원은 정말 통일일까
나의 소원은 진정 남북통일일까
붉게 떨어진 낙엽은 피 젖은 얼일까
회갈색 저 낙엽은 질린 낯빛일까
노란 은행잎은 남북통일의 약속 증서일까
통일을 위하여 한겨레 가슴속에 종을 울리고 싶다
통일~ 통일~ 삼천리 방방곡곡에 메아리치도록
이 겨레의 마음, 통일 염원으로 채워 뒤흔들도록
겨레 가슴 가슴마다 통일 씨앗을 뿌리고 싶다
그 염원 외침이 되고 함성이 되게 하고 싶다
꿈꾸는 희망은 사람답게 잘 사는 나라 남북통일이다.

국군의 날

경계하라, 오늘도 주일, 공휴일에 국군의 날
지난 1950년 6월 25일, 한국전쟁도 공휴일
환호로만 들떠지지 않는 국군의 날이다
어쩜, 시보다도 안보가 무엇보다 우선이다
불안한 시보다 편안한 안보를 챙김이 현실적
시가 홀로 부르짖기는 버거운 평화의 함성
시도 때론 침묵하고 싶을 때가 있다
고요— 긴 침묵, 뭔가 불안이 겹겹이 쌓인다
하늘 높이 솟는 폭죽놀이가 즐겁지만은 않다
남북이 용솟음치며 이 마음이 노래 될 날은
통일을 평화 놀이처럼 언제야 외치게 될까
오늘도 남북은 서로 경계하며 만남을 미룬다
그러나 한민족 한 얼 한 역사임을 잊지 말자
다시, 불타는 노래로 뜨거운 민족 사랑하며
그 언젠가는 이 한민족 꼭 통일 나라 이루리라
그러나 지금은 이 고요와 정적을 경계할 때다.

불타는 통일 노래

얼 없는 민족이고 한반도가 갈라진 땅이라면 난 통일을 외치지 않으리
너와 나는 같은 언어의 집단이고 왜 한겨레, 단군의 후예라 믿는가
투명한 저 얼음을 태우듯 굳게 얼어 버린 모든 이념은 녹아져야 한다
민족 앞에선 드러낸 이념은 모두 불타야 할 화려한 우상이다
갈라진 한반도 민족의 깃발로 세계인 앞에 남북통일할 수 있을까?
통일할 생각은 있는가? 이 민족은 원하는가? 진정, 남북통일 원하는가?
누가 조국을 제 생명으로 올곧이 사랑하는 이를 기억하는가?
누가 온몸으로 이 땅의 흙을 그리고 사람을 사랑하는가?
화해를 외치는 이마다 순수의 열정으로 이 땅의 통일을 말하여도
그 순진한 마음으로 통일을 외치면 예술적인 기적으로 통일할 수 있을까
평화통일 노래마다 힘겹게 고통을 느끼는 이여, 먼저 힘내자
사랑과 화해의 함성은 언제나 이 땅에 번영을 위한 불타는 노래가 된다
진실한 소통과 꿈꾸는 통일의 의지와 그 환상으로 통일은 곧 올 것이다
줄기차게 남북 시민과 인민이 통일, 그 부르짖음과 함성을 터트리면
세계가 놀라고 잡귀들이 겁내면, 거룩한 신의 도움으로 남북은 통일되리
곧 가슴에 뜨겁게 불타오르는 통일 노래 부르며 기쁘게 즐겁게 춤추리
전쟁 없는 남북통일을 기도하고, 하나 됨을 상상하고 춤추며 노래하자
화해된 평화, 그 평화 맘껏 부르짖으며 하나의 함성으로 평화통일 이루자
남북 사이 저 얼음장벽 불타는 의지로 녹이고 험한 가시 태워 하나 되자
진정 세계의 행복한 평화 위해, 그 함박웃음의 시작점이게 하자
이 땅, 한반도에 진정한 민족 통일의 날이 되면 자유와 번영이 가치다
용서와 화해가 물결칠, 행복한 마음이 되는 제2의 해방, 광복 날이다.

통일은

통일은 쉬운 것
내 입장 세우지 않으면 되는 것
한마음 쉬운 것
내 주장 없으면 되는 것
그러나 산 자는 말한다
그러나 집단은 주장한다
맡은 자는 자기 입장이 있다
책임 있는 자는 유익을 챙긴다
끝까지 유익을 챙기려 한다
터지는 욕망, 생기는 불신
멀어지는 평화
대화를 해도 오직 제 생각만이 옳다
양보 없는 배려는 더 숨막히게 하고
챙길 것 많아서, 모든 게 의심스럽다
더욱 단단해지는 벽
더욱 높이는 단절의 벽
때론, 투명하게도 보이는 이 벽
통일은 어려운 것
휴전선은 더욱 고요하다.

통일을 향하여

자, 오라 한민족이여, 나의 겨레, 한겨레여!
함께 무한한 저 통일의 길로 가자
더 높은 곳으로 가자! 저 험한 바위
더 높고 가파른 절벽의 저 백두산을 향해
하늘을 향해 통일을 기도하는 너의 모습은
언제나 위대하다! 용감한 아이벡스처럼
이끌리기보다는 이끌고, 의지로
담쟁이보다 더 힘 있게 차가운 태백산을 넘는다
가자, 통일로 이 한반도 백의민족 그 얼로 꼭 이뤄 내자!
반듯이 창조적인 통일로
태백 줄기— 모든 강산에 이 민족의 염원이 되어
백두산 정상 천지에 눈물로 채웠나
따스한 바람 부는 저 한라산 백록담에도
찬바람 불어오면 옷처럼 흰 눈이 가득하다
민족이여, 한민족, 한겨레여 통일의 염원 그 깃발을
이 세상에 맘껏 펄럭이게 하여
한반도 강산에 통일, 통일이 오게 하자
그래 위대한 통일 조국을 이루자! 꼭 이루자!
저 휴전선을 함께 지워 하나의 나라이게 하여
세계에 평화의 깃발이 펄럭이게 하자!
통일된 그날엔
번성하는 나라, 평화의 나라로 거듭나
기쁨으로 감동케 되리.

통일의 꽃

어머나, 벌써 봄이 지났어
봄꽃은 시들어 가는데, 남북통일의 꽃은 그 누가 심었을까
필 듯 필 듯 피지 않는 꽃, 그 언제 이 꽃 볼 수 있을까
피지 않는 꽃이 피는 것을 보고파 간절한 기도를 한다
색깔이며 향기, 그 모양은 어떻게 생겼을까?
하루라도 먼저 보고 세계에 자랑하고파 떠벌린다.

광복절 71주년

하늘에 의로움으로 기도하니 한민족에 광복이 왔다
아, 기억인들 하였는가 그날의 기쁨을…
그 무서운 전쟁을 평화의 이름으로 거부한 자 누구인가
전쟁은 그런 것, 갑자기 모두를 지옥의 문으로 밀쳐 넣는다
전쟁을 일으키는 자들도 평화의 이름으로 싸우고
전쟁을 막는 이도 평화의 이름으로 대적한다
아, 누구의 정의가 철학이 옳은가, 그 승자만의 독식 전리품
광복 71주년에 민족의 존립 근거를 새로이 확립하고
국가의 전통성을 다듬으며 민족의 고유 전통을 바로 확립하자
국가의 뿌리를 임시정부에 둘지라도 민족 뿌리는 고조선이다
맑은 마음 깊은 신뢰로 우리 후손의 번영을 희구하자
이 민족이 세계 평화에 기여함을 자랑으로 여기게 하자
민족 통일을 위하여 한반도에 창조적 이념이 새롭게 일게 하자
세계 평화의 새로운 모형 일구어, 그 평화의 기운이 넘치게 하자
대한민국 만세! 민족 통일 만세! 한반도 통일 만세!
바로 세우자! 자유민주주의 만세! 세계 평화 만세!
전하자 온 세상에 이 넘치는 자유, 이 평등 인격 속에 평화
풍요로운 나라, 풍요로운 국민들 넘치는 기쁨에 즐거워라.

도라산역에서

지금은 휴전선 남쪽 비무장지대에
북으로 달릴 수 없는 마지막 역 도라산역이 있다네
삼천리 위쪽인 북쪽은 함경도 만주로 가는 길목이기도 하건만
도라산 바라보며 돌아서야 하는 역, 도라선 역이다
무언으로 돌아가시게 이북으로 갈 수 없네 하는 듯하네
생일인지 난 날이 언제인지 구별해야 하는 듯 헷갈리고
북으로 가려면 먼 나라 가듯 표준시간도 다시 고쳐야 하며
오히려 외국 가듯 더 엄격히 체크하고 살펴야 한다
도라산역에서 침통함 속에 통일을 꿈꾸며 마음을 다져 본다
오, 통일이여 해마다 힘없이 통일 노래나 부를 건가
아, 통일이여 통일이여 오라 어서 속히 오라.

왜 이럴까

왜 이럴까 헤어져 65년 만에 만나는구나
그 누구의 눈물이 이 통한의 눈물을 멈추게 할까
선대의 정치인들이 갈라놓은 이 국토 이 민족의 마음
무슨 미련으로 견고하게 유지하려 할까
미련도 없고 한도 없는 정치인들이 왜 확 바꾸지 못할까
세계는 너무나도 빠르게 진화하는데 그만 주저앉는가
왜 이럴까, 분단의 눈물 아직도 붙들고 있는 이유는
그 언제 이 피눈물 금눈물 될까
이 강토, 이 하늘, 이 민족!
그저 슬프고 슬플 뿐이다.

가깝고도 먼 길

금강산에서 만나는 65년 만의 남북 이산가족 상봉
벌써 그리되었나 아기 피부이던 신부
그 새색씨 늙은 주름에 고깔모 썼나 그 하얀 머리
눈물이 기가 막혀 너털웃음 되었다
쉬운 만남 어렵게 만드는 게 정치인가
어려운 만남 쉽게 만나게 하는 게 정치인가
그 누구에나 가까운 길
그 누구에겐 제일 먼 길
만나는 사람마다 감사합니다
손잡는 사람마다 고맙습니다
반갑게 마주 보는 얼굴 얼굴, 그저 반갑습니다
보는 이마다 샘처럼 강물처럼 눈물 어린다.

그 통일 염원, 아우성으로

숨차도 달려가며 같이 가는 모두 제 고향으로 가자
어린아이 이미 노인 되고 뱃속에 있던 아이도 이미 늙었네
돌아보면 너무 험한 길, 어쩌다 여기까지 왔을까
아직도 서성거리는 이곳은 남북통일 염원 문전이구나
38휴전선 DMZ엔 억새풀 억세게 춤추듯 넘실대고 있다
이것도 하나의 염원, 남북통일을 기리는 아우성일까
이미 가을은 겨울에 초대장을 보내고 분단의 핑계를 만든다
아, 쉽게 풀 수도 있던 그 아쉬움으로 마음을 하나 되게 하자
오늘도 이산가족은 금강산을 넘으며 분단 설움을 달랜다
선물은 아직도 켜켜이 쌓여 있고 소식은 해마다 눈 속에 갇힌다
아, 이 통일 염원 이 휴전선 넘어 널리 울려 퍼져라
그대의 통일 염원 우리에게 들려오, 그 아우성으로
통일 염원 이 아우성, 삼천리 방방곡곡에 떨쳐 떠나지 말아라
민족의 아우성으로 통일 염원 들끓게 하라
이 분단이 민족의 운명일 수 없게, 확 마음 바꿔 통일 이루자.

3부

통일의 문

통일, 그 바람

바람, 통일 바람 남북통일 바람 분다
남북통일 북남통일하는 외침 분분하고
서로에게 책임 몰아세우는 반이념 기치 높아도
통일이 소원이라 노래하는 이 더 많네
이것이 희망이고 통일 염원의 바람이다
한반도 남북에 바람, 통일의 바람 불게 하라
소원, 통일의 소원이 한반도에 물결치게 하라
바람, 통일의 바람이 광풍처럼 되게 하라
바람 불어와 통일 바람이 되어 분다
이 바람 방방히 세계로 세계로 거세게 불어라
분다 분다 통일 바람, 남북통일 바람 분다.

통일을 외칠 때

통일이 되면 더욱 아름다울
이 강산, 이 바다, 저 하늘, 그러나 결코 찬란하지 않으리
세계로부터 주목받던 분단 중의 모든 분쟁
일시 사라져도 그대 마음 변하지 않으면
새로운 분쟁 요인은 새 옷 입고 뒤따라와
다른 문제를 만들고 때론 더 꼬이게 하리라
그대는 분단으로 누리며 얻은 유익을
포기하고 견디며 화합의 합창을 부를 수 있는가
알 수 없는 상대의 행복을 기대하고
지난 기쁜 그 누림을 때론 포기하고 참을 수 있는가
그러나 그대를 알아야 하리
그대의 자손은 분쟁에서 풀려나고 전쟁에서 자유한다는 것을
이 시대의 그대들은 민족이 화목의 비밀을
온 천하에 퍼트렸음을 알게 되리라는 것을
인간의 가치를 무엇보다 신 앞에서 겸손하며
사랑을 베푸는 기쁨을 귀함의 근본임을 알라
통일보다 통일 후에 겪을 이 모두를…
그대는 통일을 외칠 때 이 모두를 기억하라
통일은 곧 된다던데, 통일은 곧 온다던데
통일은 꼭 돼야 된다던데, 글쎄…다.

먼저 깨어

일어나자 깨어 일어나, 먼저 깨어 일어나자
그 누구의 외침에 놀라기 전, 먼저 깨어 달리자
꿈들이 있다 외쳐라 창조의 꿈이 있다 말하라
꿈과 창조의 열정이 있는 자는 언제나 아름답다
꿈 있는 자는 그 꿈이 가슴에서 뛸 때 가고 싶다
어떤 이는 통일의 꿈, 어떤 이는 세계 평화의 꿈
사람이 머무는 곳 사랑이 핀다 믿음이 자란다
먼저 깨어 일어나는 민족이 이 세상의 주인이다
한 많던 너의 목소리로 남북통일을 외쳐라
한마음으로 모아 한반도 통일의 횃불을 들라
용기 넘쳐 외치는 힘으로, 자 함성으로 답하자.

통일, 남북통일

묻는다, 그대는 통일을 바라는가
다시 묻는다, 그대는 통일이 좋은가
그래 우린 통일이 좋아, 정말 좋아 좋아 좋아
남북이 하나 되면 좋을 거야, 정말 좋을 거야
좋아해 좋아해 서로서로, 좋아해 정말 좋아해
통일 남북통일 좋아, 같은 민족이라 더 좋아
통일되면 좋아질 거야, 지금보다 더 좋아질 거야
대답하라, 통일이 좋다 남북통일이 좋다
통일, 꿈같은 통일이 현실이 되는 그날까지
모두 힘차게 외쳐라 통일, 통일, 통일하자
힘차게 답하라 통일, 통일이 좋다, 남북통일이 좋다
통일이 그저 좋아질 때까지 우리 더욱 사랑하자.

남북통일을 위하여 2

남북통일의 합창만으로 통일 조국이 쉽지 않듯이
통일의 꿈만으로 남북통일은 오지 않는다
북위 38선 분단의 틀 속에서 아무리 몸부림쳐도
동서의 휴전선, DMZ의 경계는 지워지지 않는다
서해건 동해건 아무리 거센 파도가 쳐 와도
서해에 북방한계선 NLL도 견고하다
휴전 이후 지켜진 동해 휴전 분계선도 확실하다
그 누가 민족의 비통한 울부짖음에 답하겠는가
지속 가능한 합의로 진정 실천의지가 확인되는가
이 생각, 그 의지가 자유로이 세계 평화를 지키며
남북 분단을 격파하는 행동을 할 수 있어야 한다
통일 의지가 합창이 되도록 힘을 모으자
민주주의는 진정한 자유에 대한 갈망 그 의지가
민족 염원이 되고 통일의 발자국이 되어야 한다
이는 남북통일의 강렬한 외침이요 함성이다
가자! 이루자! 남북통일에 세계의 기대가 있다
남북통일 대업의 푸른 꿈이 현실이 될 때까지
민주, 온전히 성숙한 가치를 품은 평화 국가의 꿈
모두가 행복한 가치관을 공유하는 안정 국가이다
남북 평화통일엔 한민족의 역사적 꿈인 희망이 있다
한겨레가 오롯이 염원해 온 간절한 기도가 있다
겨레여, 모든 이기심을 떨치고 다시 깨어나라!

겨레여, 모든 굴레를 끊고 다시 일어나라!
지난 분노와 피해는 통 큰 용서로 녹이고 화해하자
지금이 바로 통일을 말하고 외쳐야 할 때다
남북이 하나의 함성으로 통일 나라를 갈망하자
남북통일은 역사적 사명이요, 한민족의 숙명이다
통일의 환호성이 한반도를 뒤흔들 때까지 뜻을 세우자
남북통일이 세계에 알려질 때까지 함께 힘을 모으자
남의 기쁨이 북의 즐거움이 되어 남북이 행복해지는
평화와 번영이 확신되는 그날은 남북이 하나 되는 날
모두가 아는 통일, 남북이 하나의 나라가 되는 날이다
소리 높여, 만세! 만세! 통일 만세! 남북통일 만세!

문 열어라

문 열어라, 문 열어라, 문을 열어라
대화의 문, 소통의 문, 통일의 문을 열어라
문화의 문, 역사의 문, 정치의 문 모두 열어라
통일 통일 남북통일 바란다면 모든 문 열어라
외치는 함성마다 넘치는 불타오르는 의지
그 의지 깊고 깊도다 통일을 갈구하는 의지
이 통일 의지 되살려 앞으로 힘 모아 앞으로 가자
통일 문이 보인다 훤히 보인다 바로 앞이다
문 열라, 문 열어라, 통일 문 열어라
앞으로 앞으로 믿고 나가자 우리 통일 문 열린다
열린다 열린다 통일의 문 열린다, 남북통일 만세
만세 만세 천만세, 남북통일 만만세! 민족 통일일세.

낭만통일별곡

너의 기쁨과 슬픔이 내 기쁨이고 슬픔이었나
내 편만 좋았는지 되돌아봐야 해
우리가 되고 만들기 위하여 서로 사랑했는가
조건 없이 조건 없이 돕기를 먼저 하며
정과 사랑을 먼저 주며 위트 있는 한마디 유머
서로 천사라 말 못해도 서로 악마라 부르지 말자
홀로 부르는 아리랑보다 함께 어우러져 부르고 싶다
아리랑 아리랑 통일 아리랑, 민족 아리랑, 한민족 아리랑
이제 통일에 대하여 남북통일에 대하여 터놓고 말하자
손해가 돼도 묻지도 따지지 않고 이루고 싶은 남북통일
조건 없이 마음껏 주고 싶은 우리가 되고 서로가 되자
서로 칭찬하고 싶은 우리가 되어 낭만적인 통일 이루자
존중하기를 먼저 하며 흔들리는 이념을 사랑하자
여유와 예술로 현혹된 사랑에 빠진 우매자 되지 말고
세상을 즐기며 나 다 우리 민족을 생각하자
통일, 생각만 해도 벅차오르는 청춘 같은 나의 심장이여
서로 대화를 먼저 하며 소통을 자주하여 통일 이루자
오, 민족의 소망 마침내 이루는 진정한 민족 통일 이루자.

"통일이다" 외칠 때까지

세계여! 듣는가? 통일, 지금 이루고 싶은 이 충동 남북통일이다
반쪽 아닌 통째로 사랑하고픈 조국을 위한 이 마음 불씨는 통일
나가세 나가자 앞으로 나가자, 모든 힘을 합쳐 앞으로 더 앞으로
온누리에 전하자 우리의 의지 그 높은 포부 주저함 내던지고서
아, 그날에 통일의 그날에, "통일이다 통일이다." 외칠 때까지
이날을 앞당기고 싶은 그 마음 간절한 아주 간절한 그 마음으로
우리 서로 통하는 아주 잘 통하는 그 신비한 소통, 피의 마음으로.

우리의 소원은 '통일'

스스로 속는, 우리의 소원은 있기나 하는 것일까
조국 통일의 감각이 소실되어 가고 있다
의식은 마취된 듯 깨어나기 쉽지 않고
세계는 자꾸 미혹되게 하며 분노를 키운다
총과 비수를 들게 하는 증오의 이유는 분명하다
생명은 어쩔 수 없이 살아야 하기 때문이다
떼로 죽어 가도 박살날 때까지 살아야 한다
뭇 생명처럼 몸과 생각을 치켜세워야 한다
너의 소원도 통일이 되고, 나의 소원도 통일인
통일의 노래 '우리의 소원은 통일'을 부르자
한마음으로 민족 통일의 노래를 부르자
우리 한겨레 염원을 세계에 함께 알리자
이대로가 좋다며 영구 분단을 획책하는 자
설마 하는 내 의식 너의 생각을 깨트리자
경계하라, 우리의 무뎌져 가는 통일 열망을…
편안한 생활에 길들여져 통일을 거부하기 전에
남북통일이 불편한 진실로 압박하기 전에
우리 소원인 남북통일을 위해 힘을 모으자
통일에 민족의 행복과 행운이 따라온다
남북통일, 세계 평화와 안전에 큰 선물이 된다.

남북, 그 통일을 위하여

70여 년 통일이 잠들고 있다가 깨어나기를 꿈꾼다
통일, 그 공허한 단어가 실감 있게 느끼게 될 때까지
통일의 언어는 다시 뜨거운 함성으로 부활해야 한다
남북통일은 민족의 희망의 언어이며 부흥의 의지이다.

이젠, 남북통일

아니 벌써, 남북 분단 70주년이란다
남과 북이여, 북과 남이여!
이젠, 통일을 말하자
구름이 있어도 태양은 떠오르듯이 서로 마음을 트자
약하지만 착한 양처럼, 함께 움직이는 양 떼처럼 같이 가자
품은 희망과 의욕을 펼치며 서로 상생하며 하나가 되자
누가 먼저든 서로 대화를 제의하고 기분 좋게 함께하자
회담하는 기분 좋은 날을 위해 먼저 서로의 복을 빌자
이젠, 남북통일을 생각할 때다
혁신적인 창조 개념과 대화와 타협으로 평화통일 이루자
남북통일이 큰 보물이다, 공생 공영할 길이다
자, 광복 70년이다 제2광복 되게 남북통일 이루자.

남북통일을 생각하다가

뜬금없이 남북통일을 생각한다
왜 안 되지?
첫 만남처럼 "안녕하십니까!" 하고 인사하고
만날 때마다 인사하고 칭찬하고
칭찬하고 서로 인사하고
뭐, 이렇게 쉽게 만나 기분 나빠질 지적하지 않고
좋은 얘기만 넋없는 이처럼 얘기하다가
밥이나 술이나 한잔하며 이 얘기, 저 얘기하는 거지
지난 일은 실없이 헤헤 후후 하며 웃어 버리는 거다
자꾸 뭐 줄 거 없나 생각하며 남는 건 그냥 주는 거다
그리고 헤어질 땐 등이나 두드리며 악수나 하는 거다
이럼, 남들이 벌써 통일이네 할 걸 ㅎㅎㅎ.

통일의 그날엔

남북이 통일되는 그날, 분단의 상징인 자 휴전선 DMZ
저 철조망은 스스로 녹슬고 삭아져 붕괴되리라
무너져라, 함께 최면을 걸 듯 기도하던 남북 한민족아
그 손 맞잡고 남북이여 다시 한 번 한겨레임을 선언하자
세계만방에 외치듯 울려 퍼지는 큰 함성 '남북통일 만세'
저 높은 장벽 스스로 무너진 그날엔 관광객만 넘치리
껴안은 우리의 가슴으로 창창하게 앞서 나아가자
통일의 그날엔, 남아 있던 분단의 응어리 곧 풀어지리라.

남북통일 이루리

통일 후 행복할 그 기쁨이 가슴마다 열매 맺으면

통일의 사명 충만하여 꼭 한반도에 하나 됨을 함께 이루리.

인천 아시안게임과 남북통일의 길

2014년 10월 4일 가을 열매 맺는 날 대한민국 인천에서
아시안의 젊은이들 함께 모여 열정어린 땀방울 섞어 가며
미래의 꿈을 공유하며 건강한 평화의 함성을 터트렸다
찬바람에 얼어붙은 갈라진 한반도 북쪽 핵심 지도자들이
급히 저 높고 넓은 하늘, 아침 좁고 좁은 그 오솔길로 와
북의 그 일행들 저녁 밤달 보며 그 길로 되돌아갔지만
민족 통일의 밝은 불빛 될 횃불 하나 더 피워 놓고 갔네
인천 아시안게임 16일간의 축제 성화는 꺼져 가는 곳에
새 징조로 남북 화합으로 다시 켜지는 한민족 불꽃 하나 더
한민족 통일의 외침, 의지의 함성되고 타오를 불길 되리라
그간 긴 침묵으로 갈등을 더 하며 속으로 질렀던 비명들
모두 다시 외쳐 남북통일을 부르짖는 통쾌한 함성이 되자
남북이 쉽게 서로 오가는 통일의 길 되어 영원한 불길 되자
마음의 철문부터 먼저 열고 서로 눈부실 사랑 문을 열자
자랑스런 조국의 역사와 얼을 되새기고 앞으로 앞으로
후세의 번영을 담보하는 사명감으로 한반도가 하나 되게
민족의 모든 힘을 모아 전진하며 함께 세계로 비상하자.

오, 조국이여

매일매일 더 놀랄 일, 사건마다 위태하다
놀라는 가슴은 약한 맥박이 되고 심장은 가쁘다
높은 지위 있는 자의 내팽개친 혁명적 의무에
순간순간 흔들리는 나라 그 백성들
각자 모두의 아픔에서 기어이 일어나라
오, 조국이여! 깨어 일어나라
백성들이여, 영민함과 지혜에 귀 기울여라
국제 정세와 주변 정세를 날카롭게 간파하라
위기는 순간의 방심과 한 번의 판단 착오로도 온다
오, 조국이여! 어리석음에 중독되지 말라
작은 것을 지키려다 큰 것을 잃지 말라
신이여, 나의 조국을 도우소서.

사랑만으로 통일

통일은 상대를 의심하기 전에 미리 믿어 주는 것
기대할 것이 없어도 희망과 꿈을 갖는 것
시기와 미움을 이기는 힘은 오직 사랑, 사랑뿐
조건을 말하기 전에 사랑한다 말하는 것
물질을 주기 전에 사랑하겠다고 결심하는 것
상대의 마음을 얻기 전에 내 마음부터 펴는 것
평화와 안정을 위해 먼저 다가가며 사랑할 뿐
서로 굳은 얼굴을 먼저 웃는 얼굴로 바꾸는 것
뭐라 뭐라 해도 사랑 없이는 남북통일은 없다
사랑하면 희망도 생기고 믿음도 얻게 된다.

휴전선, 그 철조망 연상

6.25 한국전쟁이 없었다면
휴전선과 그 철조망도 GP, GOP도 없었으리
철망은 불안의 담이고 분노의 눈빛이 보이는 창이다
패자들도 승자임을 부르짖던 잔혹의 전쟁이었다
이미 선한 자들은 천국으로 발길 재촉하고
살아남은 자는 차마 죄 없음을 외치지 못한다
희망의 그림도 그릴 수 없는 철조망은
이 한민족의 슬프고 고통스런 단절의 가시이다
너는 나를 나쁘다 하고, 나는 너를 나쁘다 한다
무심히 저 멀리 오색딱따구리는 제 둥지를 판다.

브란덴부르크 문과 통일

장벽 같은 철조망의 분단 벽을 보라
분단의 벽에 닿으면 찔리리
이 벽 넘으면 피 흘리리
가시벽 넘어가면 피 흘림이 얼마일까
오히려 가시 뽑고 아니 가시넝쿨 자르고
우리 서로 오갈 거니 그 누가 제지하랴
독일 그 분단의 상징 브란덴부르크 문
이젠 통일의 문으로 불려지듯
분단의 가시 짓밟고 쇠철망 녹이자
뜨거운 사랑으로 이 쇠가시 녹이자
이제 문도 없이 오가는 땅 하늘 되게 하는
이 긴 벽을 허물어 우리 하나가 되자.

통일 문 앞에서

분단의 숙명을 깨고 곧 통일하기 딱 좋은 때가 올까
불 뿜어 대는 마음으로도 손잡고 일할 수 있을까
한겨레의 이름으로 뭇 상이한 가치관을 교류하며
물리적인 생각을 화학적으로 모아 융합할 수 있을까
매사에 의심하여도 통일을 향한 신뢰를 구축할 수 있을까
하나가 되어야 하는 절박감과 의지, 통일 의지가 중요하다
통일 가치를 되새기며 화해와 용서, 그 극복이 필요하다
아직도 통일의 열쇠는 만들지 못했고 어둠이 드리우고 있다
먼저 생각을 굽히면 운명의 통일 문에 들어가련만
햇빛이 밝건만 문 안에서 조는 듯 아무 소리 못 듣는다
한겨레 통일의 갈망은 운명이 되어 각자 앞으로 걸어온다
남북통일을 이루려면 진영의 두 가치가 깨져야 한다
통일의 문을 열고 새로운 세상을 만나 행복한 민족이 되는 일
화해와 평화의 빛을 맞으며 성숙한 통일 일구는 정신이 되자.

통일을 향하여

진정한 마음으로 내딛자 통일의 발걸음
함께 외치자 조국의 남북통일의 구호를
뜨거운 마음으로 통일을 향하여 가는 길
한겨레 한마음이고 한마음 한겨레이다
한민족 남북통일 위해 하늘 향해 부르짖자
가장 큰 통일 함성 모아 세상 향해 외치자
역사의 바램, 민족의 기도 영원히 이어지리
통일을 향한 열정 활화산처럼 폭발하여
세계 평화, 통일의 기원과 지지 영원하리라.

조국 통일과 새해

저 바다 멀리서, 저 태백산맥 위로
새해 서광이 환하게 이 땅을 새롭게 밝힌다
눈뜨는 하늘 아래 이제 새누리 펼쳐진다
그렇게도 함께 이루고 싶던 통일의 나라를 위해
한 걸음, 다시금 한 걸음 더 통일을 향해 가자
말들이 춤을 추듯, 뱀 같은 지혜로 세계를 바라보며
앞으로 앞으로 함께 앞으로 더욱 힘차게 뛰어 나가자
당연히 조국은 하나 되어야 한다는 일념으로
통일을 생각하며 단단한 겨레 사랑으로 희망하자
아름답게 남북통일하여 찬란한 통일 조국 이루어
이 영광이 온누리에 세세토록 자랑거리 되게 하자
한글을 자랑으로 여기며 무한이 뻗어나고 싶은 이들이여
이 꿈, 우리 모두의 꿈인 조국의 평화적 통일을 위해
우리의 모든 힘을 모으자
지식인이여 지혜자여 이 땅이 세운 지도자들이여
잊지 말자! 새롭게 시작하는 이 한 해에
이 땅의 통일을 위해 거름이기를 다짐하며
그 어떤 개인적인 희생도 주저하지 말자
겨레의 피를 이어받고 이 땅에 태어나 살면
그 누구나 통일 조국을 위해 힘 보탬이 사명이 된다
이 땅 위에 태어나는 새 생명에게도 이 사명 잇게 하여
그 어느 순간 환희의 통일 나라 이뤄

우리 금수강산에 항상 기쁜 노래가 있게 하자
잠든 순간에도 통일을 위해 잠들며 꿈을 꾸자
새롭게 다시금 한 해를 맞이하여도
세세토록 전하며 이뤄야 할 역사적인 사명은
아름답게 이뤄 내야 할 우리의 평화통일 된 조국은
세계가 좋아하게 될 자랑스런 깃발의 나라임을 잊지 말자.

남북 이산가족 상봉

분단 60년이 넘어서야 가족의 얼굴을 보는 서로의 얼굴
너무 낯설어도 지난 세월 품고 드러낸 얼굴 찾던 얼굴 그 얼굴
그래도 그리워, 보고 보네 또 보네 그래도 그리움 밴 얼굴
묻지 않아도 알아, 듣지 않아도 알아 그 마음 그 속사정
남북이 분단되어 제 뜻과 관계없이 볼 수 없었던 그 모습을
꿈에서 본 그 얼굴 아니라도, 다시 기약 없이 헤어질 운명이래도
금강산에서 만난 모습, 천국에서 본 듯하네
지옥에서 본 듯하네, 금강산에서 만난 이 모습.

통일이 되면

조국 산천 하나 된 나라에서 살고 싶어라
남북통일이 될 때까지, 우리 죽지 말자
통일되면 큰 복이 될 텐데 왜 주저하나
서둘러 마음을 열고 통일을 말하자
핵폭탄과 같은 끔찍한 무기 없어도
잘만 사는 한반도 한겨레, 이 힘을 보이자
분단으로 헤어진 가족 서둘러 만나게 해 드리고
이 한들 모아 통일 조국 회복하여 기쁨 찾아내자
힘을 모으고 모으자, 평화통일을 위해
힘을 키우고 키우자, 강한 나라를 위해
통일이 되면 아주 강한 민족, 강한 나라 됨을 알자
남북통일은 양보할 수 없는 길이다
세계 평화의 열쇠를 만드는 일이다
그래, 온 힘을 다해 속히 평화통일되게 하자
남북통일 위해 끝까지 정성으로 매진하자.

통일 새여 날아라

평화여 노래하라
통일 새여 날아라
비무장지대엔
평화의 새가 있다
남북이 함께할
통일의 새가 있다
철조망 터짐을 기다리는
희망의 새가 있다
고요한 별빛을 따라
통일의 새여 날아라
아득한 어둠을 뚫고
통일의 새여 날아오라
새벽의 태양빛 타고
통일의 새여 오라
평화의 합창하며
통일의 새여 오라
세계 평화 문 열린다
세계 마음 통일이다.

4부

통일의 날

이젠, 통일이다

분단이 추억이 되고, 통일이 평화와 번영의 미래이기 위해
파괴와 공멸의 분단엔 악의 세력을 만드는 신기루가 있다
빠른 통일을 위해 동냥하듯 통일의 지원 요청이 아닌
평화 기반으로 공영의 통일 위해 바른 지원이 되어야 한다
이젠, 분단의 철망을 걷어차 그곳이 평화지대가 되어야 한다
나태한 통일 염원이 분단과 도발을 부추기고 정신을 혼탁케 하고
정치와 군사적으로 낡은 담을 높이고 민족의 영혼을 고문하고 있다
이젠, 통일이다 통일은 건강하고 떳떳한 통일이어야 한다
민족의 얼로 분단의 낡음을 털어 버리고 끈질기게 통일을 이뤄야 한다
이것은 우리가 한겨레임을 선포하고 힘든 분단의 아픔을 이김이다
이는 낡음에서 이긴 새 정치의 모습이요 창조적인 통일이다
이젠 통일을 위해 마음과 몸을 조율하여 모든 서로의 역량을 모아
이 시대에 세계를 향해 조국 통일의 깃발을 펄럭이게 하자
남북 평화통일 부르짖음 그 소리 방방곡곡 높아 간다
그래 창조적 통일 이념으로 정치적 군사적으로 문화적 융합을 목표로 하여
이젠, 통일 창조하여 인권이 확실한 온전한 민주국가 새로 세우자
통일되면 나라는 더욱더 창성하고 미래의 겨레는 더욱 행복하리라
통일 나라 되면 겨레의 웃음소리 사방에 더 퍼져 세계 평화 이정표 된다
겨레의 바람 새 정치에 대한 참 기대와 그 토대로 시작하게 될
새가 둥지를 짓듯이 새 나라의 모습 이 나뭇가지 저 나뭇가지 모아
진정한 세계의 이상의 지표가 될 남북통일의 새 정치 이룰 새 둥지 짓자
모두 복될 새로운 터전 한반도, 그래 이젠 통일이다.

평화인가, 통일인가

그 누가 묻는다
통일인가, 평화인가
평화인가, 통일인가

매일 묻는다
평화하고 싶은가
통일하고 싶은가

나는 말한다
평화적인 통일이다
남북통일 조국이다.

통일될까

하긴, 새벽 바로 전이 가장 어둡다고 얘기는 하지
이렇게 아무때나 엉뚱한 듯 통일을 말하면
제정신인가 의심받기 십상
그래도 외쳐야 하는가
시인은 때론 미친 듯, 홀로 독백처럼 울부짖고
쓸데없는 얘기한다고 핀잔도 받을 수 있어야 한다
그래야 지상에 희망이 사라지지 않는다
이상도 해, 생각이 다른 이웃 나라와 얘기들 잘 하면서
유독 반목 심한 형제처럼 왜 원수 보듯 할까
요는, 믿지 못해서야, 믿어지지 않아서지
먼저 내 방식만이 절대 선이요, 옳다는 생각을 버려야 해
상대의 얘기는 무조건 악이라고 여기면 어쩌겠다는 거야
이래서, 통일한들 무엇을 도모하겠는가
화합은 과거에서 해방되는 것
억울한 일을 잊기로 다짐하는 일
내일을 위해 어제의 미움과 증오를 삭히며
그 분노를 오늘은 용서하는 일이다
내일의 화합을 위해 서로 도울 일에 집중하는 것이다
만약, 서로 상대가 죽기만을 바라는 데서
그 무슨 협력이 가능할까
누구나 상대를 탓하기 앞서 자기 성찰이 필요하듯
각자의 모습을 반성하며

참 나라의 모습 되게 내 쪽을 돌아보고
상대가 통일하면 좋겠다고 여기게 각자 모습을 챙길 일이다
이러면 분명 통일이 된다
그 누가 통일될까 의심을 해도, 단언컨대 통일은 된다
분명, 남북통일은 된다.

남북통일하는 그날까지

통일하는 그날까지
통일이 되는 그날까지
남북통일의 시를 지어야 한다
역겨운 냄새가 진동하여도
황당한 모함이 들려도
결코 포기해서는 아니 된다
오직 통일의 향기만을 뿜어내야 한다
남북 분단으로 너무 긴 고독을 느끼고
무력한 자신을 확인하게 되더라도
때론 비루한 생활인으로 곰팡이처럼 사는 듯해도
하기사 매일 열사처럼 분통하며
머리 헝큰 채 거리를 헤맬 수는 없는 일
통증을 느낄 때마다 외침으로
분통을 터트릴 수만은 없는 일
우리는 자유민주국가에 당당한 국민이니깐
남북통일의 그날까지
눈물이나 짜내듯 슬피 살지 말자
사랑하자, 남북통일하는 그날까지
서로 돕자, 남북통일되는 그날까지
해서, 세계가 우리의 통일을 진정 바라게 하자.

미치게 부를 그 이름, 통일

아, 그 이름 통일이여
우리가 시작할 노래는 통일이고
꼭 이루고 싶은 소망은 통일이라 외치면
그 누구에겐 죄라고, 피의 글씨를 얼굴에 쓰리라
험악한 욕과 모욕의 언어로 퍼 쏟아부우면
조국의 조상들은 또 피눈물을 흘리리라
아, 국토의 하나 됨 이전에 한마음이 먼저다
한마음 이전에 사랑이 먼저다
미치게 외치기 전 먼저 사랑이다
꿈속에서도 미치게 부를 그 이름, 통일이라도
통일 이전에 상대의 신뢰를 받고저 하는 마음이다
먼저 신뢰하려는 사랑의 마음이다
꼭 후세에 자랑으로 전하고저 하는 건, 통일 조국
세계만방에 인정받고 싶은 건, 남북통일 평화의 나라
마지막 단발마의 비명처럼 외치라
통일 통일, 남북통일!
우리 모두 그날까지 미치게 부를 그 이름, 통일.

판문점

남북이 침묵 속에서도 터놓고 얘기를 할 수 있는 통로
허락되지 않는 교통에서 허락할 수 있는 육로
상대의 얼굴을 읽고 발뒤꿈치를 바라볼 수 있는 곳
남북 가르는 국경 같기도 한 휴전선이자 비상문.

남북통일에 대해서

젊은이의 낭만적인 환상이 통일을 위한 것이라면
그 바람이 개인의 존엄을 구가시키는 자유가 있는 통일이고
우리 한겨레의 공동의 결속을 강화시키는
공동 이념으로써 민주정신이 깃든 통일 운동이라면
그 얼마나 바람직한가
한겨레의 통일이 세계에 공생의 긍정을 입증시키고
공영의 단초를 발견하게 되는 계기가 되어
세계만민이 우리 한겨레의 문화를 동경하며 배우려 한다면
얼마나 신나는 일인가
남북통일 운동에 세계가 하나의 공영의 틀을 발견하게 된다면
이 얼마나 영광된 일인가
일제의 압제와 그 식민 현실을 타파하며
노예적인 그 굴레를 과감히 떨치고 동족상쟁의 그 참혹함에서
세계에 힘있게 자기 목소리와 명예를 지키는 민족
이 또한 자랑스럽지 아니한가
분단 한 세기가 가기 전에 통일의 열망이 식기 전에
우리 앞으로 하나 되어야 할 민족임을 대대로 잊지 말고 전하자
이 세대가 아니면 다음 세대에 통일의 근거로 강화시키자
남북통일이 결코 허황된 꿈이 아님을 힘주어 얘기하자
남북통일에 대하여 굳은 신념으로 외치자
통일은 좀 낭만적이지 않으면 평화적이지 않지
이해관계로만 따져 들면
조건만으로 이뤄지는 기계적인 혼인 같다고나 할까
남북이 함께 낭만을 상상하자!
통일되는 날까지, 신혼처럼 남북이 함께 깨소금 만들자!

통일 상상

황당할 정도로 통일을 상상하면 우린 이미 통일 세상이다
상황은 크게 변하고 있으며, 내일은 더 변하여 너무 놀라게 될 것이다
그러나 혹시 금지된 언어가 되어 버릴지도 모를 것 같은 '통일'이란 단어
이 시대 남북통일, 그 상상마저 죄가 될 것 같은 이 불안은 무엇일까
하나의 나라, 통일 나라의 꿈은 참나라 만드는 일이다
나와 내 나라가 모여 우리가 되는 우리나라이다
한겨레 그 사랑의 결심이고 그 한 걸음, 한 걸음이 매우 유익한 길이다
남북이 하나 되는 그 상상은 결국 참 기쁨이 되어야 한다
남북통일은 목표가 아닌 바른 수단이 되어야 한다
민족의 참 행복과 그 증진에 큰 도움이 되고
세계의 평화와 화합에 기여하는 그런 통일이 되어야 한다
정치인의 영토 확장과 권력의 놀이가 되어서는 아니 된다
이 강토에 다시 신음하는 무력 전쟁은 없어야 한다
기존의 가치를 창조적으로 승화시키며 이 시대에 맞는
이념과 생각이 합리적으로 융합되어 소통케 하여
한민족 의식 속에 화합하려는 정겨운 마음으로
상대의 이념과 가치를 함께 껴안을 수 있어야 한다
외침의 자유보다 부드러운 자유가 숨쉬고
함성이 되는 자유보다는 합창하듯 노래하는 자유와 공생을 챙기는 평화
또 한 인간이면 갖게 되는 존엄이 훼손되지 않는 평등의식이 당연시되어
내 가진 것이, 잃은 것이 아닌 베풂과 나눔 의식으로 승화되고
인간의 덕과 자발적인 윤리의 가치관으로 하나가 되도록 하며

이웃에 대한 고마움과 베푸는 자의 미덕에 모두가 감사하게 되어
명예와 기쁨으로 되돌리려는 그 겸손의 마음이 참사람 되는 세상이다
이 세상에서 살아도 마치 천국처럼 살고저 하는 그 결심을 하며
분노는 버리며, 사랑을 담아 다 함께 서로 칭송하는 사회이다
가자! 희망하는 통일 조국으로, 미래의 새 나라 하나의 나라를 세우기 위해
이 꿈, 이 마음 잊지 말고 앞으로 한 걸음이라도 더 앞으로 가도록 하자
다시, 한 걸음씩 한 걸음씩 창조적인 통일을 상상하며 앞으로 가자
결코, 통일이 불편한 희망이 되거나 절벽의 희망 놀이가 되어서도 아니 된다
우리 민족에게 남북통일이 금지된 희망이여서는 더더욱 아니 된다
운명적으로 들이닥칠 통일의 그날을 위해 보다 제 여건을 유익하게 다듬자.

통일을 위해 살자

나와라, 어서 나오라
아무 일 없다고 투덜거리는 사람, 어서 나와라
일어나라, 속히 나오라
어데고 갈 데 없다고 여기는 사람, 빨리 일어나라
조국의 남북통일을 위해 정성으로 기도하자
한반도의 통일을 위해 함성이 될 때까지 힘차게 외치자
나이 든 이 남은 인생 우리 통일을 위해 살자
젊은 사람들이여, 통일 나라 의지 되살리자
맘속에 통일 의지 솟구치는 사람
통일 아니면 미칠 것 같은 사람 어서 나오라
다시 일어나 나오라
늦기 전에 맘 열어 다시금 외치자
자유 많은 나라, 민주적인 나라, 평화로운 통일 나라 만세
한민족, 한겨레 만세
한반도 조국이여, 세계 속에 영원하라
우리의 통일 조국에 언제나 큰 영광 빛나리.

한마음, 남북통일

이제, 통일을 위해 기도하면
좀 이상한 사람이 되는 것 같아
조국이 하나 되게 한마음으로
어쩌구저쩌구하면 이 시대의 돈키호테
하나의 생각을 공유하지 못하는
이 시대의 의식은 함성이 되지 못한다
남북통일은 영원한 시대의 숙제일까
한마음 되어 이 땅에 기쁨과
세계 평화에 기여할 순 없는가
언제나 문제 해결을 어렵게 하는 것은
상대 탓만 하는 것인데
어찌 우리는 한결같이
이런 타성에서 헤어나지 못하는 것일까
이제라도 마음과 지식과 지혜를 모아
세계를 설득할 순 없을까
아니 우리 자신을 반성하며
그 타개책을 찾을 순 없을까
자신의 권력을 염두에 두지 않고
조국의 미래만을 생각할 순 없을까
이 한마음으로 남북통일을 위해 더욱 힘쓰는
우리 모두가 되기를 기도한다.

통일, 그날을 위하여 1

낭만적인 통일은 없다고 말하네
통일은 있을 수 없는 일이라고 말하네
다시 태어나도 이 땅, 이 나라에 살고 싶어 한다면
통일, 잘 될 거라고— 말하자
함께 순수의 마음이 되어 보자고 얘기해
사람들은 결국 한 생각 한 마음으로만
꼿꼿한 척 살 수는 없어
변하지, 모든 건 변하지
통일에 대한 이 절망도 곧 희망이 될 거야
변해야만 살 수 있는 세상
세상도 변하고 너도 변하고, 나도 그 어느 순간 변하네
보금자리인 우리나라 잘 되게 해
전쟁, 분노의 찌푸린 얼굴보다
반갑게 웃는 화해의 표정과 손짓으로 평화를 얘기해
통일, 그날을 위하여
방긋 웃는 마음 공부, 서로 먼저 해야 해
통일 그날을 위해, 좀 낭만적이면 어때
이리저리 재는 것보다 통 크게, 먼저 통일부터 하면 어때
세계 나라들과 사람들이 평화의 횃불 함께 들 거야
남북통일, 그날을 위해
다 함께 아자! 통일 남북통일, 만세 만세 만만세!

통일, 그 함성

우린 잊고 살아요 남북통일, 민족의 통일
이 소리 없어도 잘 살 것 같은 편안함으로
우린 너무 잘 살아요
주변에 노숙자가 있건 없건
가난한 이들이 득실거려도 죄의식 없이
쌩쌩 웃으며 잘도 살아요
개인적으로 사마리아인처럼 좋은 일 하고파도
너무 많은 가난한 자를 돌보기엔 벅차 포기하지요
그래요, 부자 청년의 고뇌를 이해합니다
불편한 천국보다 편안한 지옥이 나을 것 같으니깐요
히히 웃으면서도 의식이 깨어날까 봐
사실 가끔씩 겁은 나지요
통일, 그 함성 젊은이조차 불안해하며 잊고 있어요
또 많은 이들은 통일에 두려움도 있어요
무엇보다 불확실하니깐요
통일이 꼭 공동의 번영을 보장하지 못하고
민족의 평화를 더욱 험하게 할 수 있다는 거지요
한반도 통일의 기도를 해도 서로 딴 생각이 많지요
통일을 외치기 전 남쪽의 우리끼리만이라도
서로 배려하고 돌보며 마음을 매만지며 살아요
그리고 함께 외쳐요, 남북통일하자!
"통일해 통일해, 남북통일해." 그 소리 높이고
통일, 그 함성 세계 곳곳에 퍼질 때까지
천하가 평화하는 그 시작이 되게 해요.

낭만적인 통일을 위하여

아무리 민족끼리라 하더라도, 통일을 하고 싶으면
서로 먼저, 사람 냄새 풍기는 사회가 되어야 할 거다
두근두근거리는 가슴으로 통일하자 외쳐도
결국 아무 일도 일어나지 않을 것임을 알기에
우리는 행복한 함성으로 웃고 마는 것일까

이상도 해, 통일을 얘기하는 것이
그 누구도 말해 주지 않는, 아니 침묵해야만 하는 사항인가
민족 통일을 말하는 건, 때론 반역하는 것처럼
때론 너무 서먹서먹하고, 두렵기까지 해
할 일 없어 무언가 호도되어 중독된 양
옥죄 오는 이 기분은 현실에 대한 처절한 몸부림일까
통일에 대한 어떤 함성조차 날 것은 불안하다
이미, 통일 의식은 절망의 바다에 있을 뿐인가

전쟁 없는 통일은 언제나 환영인 양
오는 듯, 보이는 듯하다 사라진다
자유가 존중되며 민주적인 환경으로 인간적 정의가 넘치는 통일
이념과 이해를 뛰어넘는 그런 통일, 평화로운 남북통일을 위해
자, 이런 즐거운 통일을 위해서 시인은 무엇을 해야 할까
각자는 어떻게 해야 할지
먼저 자신에게 그 진정성을 묻자

오래된 미움과 습관화된 증오를 넘어 공존과 교류를 하며
무의식화된 예민한 분노를 이겨 내며 공영을 허락하자
한반도 남과 북이 통일을 위하여, 침묵의 유혹을 이겨 내자
오직, 조국의 남북통일을 위하여 모든 힘을 모으자.

통일, 그날을 위하여 2

아이들이 진지하게 통일을 위해 눈물을 흘려도
거리에서 들리는 통일의 노래와 외침 아무리 커져도
살 만하니 같이 살기 싫다 말하기 껄끄러운 것은
통일, 그 갈등이 두렵고 떨림이 지금의 현실 감정인 듯
시인의 노래가 아무리 정감 어려도
통일의 노래가 그렇게 간절해도
현실 모르는 철부지들의 구호인 양 외면한다
통일, 그날을 위해 준비함이 버겁고
맞닥뜨릴 그 외침이 불안한 것은
때론 형제가 남보다 더 처절한 원수가 되기도 하기에
지금의 형제들은 하나 됨에 공포를 느끼기도 한다
해방의 감정이 그렇고, 6.25전쟁의 상흔이 그래
분단 속에 서로에겐 도취적인 오만과 악마의 편견이 턱없이 커져
사랑보다는 욕망과 불신의 기억이, 만남조차 불편케 한다

자, 깨어 일어나자
이 땅의 통일, 그날을 위해 함께 걸어가자
우리 속에 의심을 떨치고 함께 껴안아 보자
먼저 웃으며 서로 먼저 손을 내밀고 손해를 보자
통일, 그날을 위해 힘써 앞으로 가자
원수조차 사랑하겠다는 다짐으로 앞으로 앞으로 가야 해
통일, 그날을 위해 많은 것들을 버리면

모르던 귀한 것들이 새로 생기지
이 불확실함이 모든 걸 주저케 하지만
다시금 새롭게 깨어나라! 한민족이여! 단군의 자손들이여!
이 분단의 땅이 이어지고 더욱 번성하라
통일, 그날을 위해 다시금 힘을 모으자
우리의 평화와 행복, 번성은 통일 그날부터 새롭게 시작이다
오 겨레여! 한겨레여! 분연히 깨어 세상에 외쳐라
통일 한겨레 이 땅이, 세계에 새 세상의 문이 되리라!

결혼처럼 하는 통일

전장의 포화 소리만 들리는가
행복한 웃음소리만 들리는가
꿈꾸는 통일은 결혼하는 모습처럼 예쁘면 좋겠다
사랑해서 결혼하는 것이 아니라
사랑하겠다는 결심으로 결혼하는 연인처럼
통일이 되면 어떨까
이러기 위해서는 상호 믿음이 필요한 탓에
서로 도우며 이 믿음 쌓아 가야 한다
우리 희망이 통일인 것은 함께 번영하고저 함이다
남북통일은 한민족의 화해와 깊은 사랑이 된다
소원은, 되뇌어 온 통일의 노래처럼
우리, 하나 되는 것이다.

나라 통일을 말하며

분단된 조국이 그런대로 살기 괜찮다고
함부로 속삭이듯 외치진 말아라
통일이 되면 우린 더 힘들 거라고
통일이 돼도 더 좋을 게 없다고 말하지 말아라
분단의 당위성과 합리성을 장황히 논하지 말아라
오직, 통일의 유익성만 얘기하자
통일에 취하지 않고 어찌 통일을 꿈꾸겠는가
나라 통일을 말하며 우리 소원이 '남북통일'이라 노래하자
나의 마지막 희망이 '평화통일'이라 말하자
유언을 할 때에도 기어이 '평화통일을 이루라'고 하자
나라 통일을 말하면, 우린 남북통일 그 희망에 들뜬다
가자 가자 함께 가자, 통일의 고지를 향해! 만세, 만세, 다 만세!

남북통일, 내 조국을 위하여

위하여 건배합시다
이 땅 남북의 평화통일을 위해
대대로 하나의 민족으로
세종대왕의 창제하신 같은 문자로
이미 하나였던 우리
같은 말로 수천 년 소통했던 우리
이제라도 하나가 되어야 한다
속히 하나가 되어야 한다
모든 이유 극복하여
공동 번영으로 나가야 한다
분단된 조국 하나 됨을 위해
우리 모두 마음 문 열어야 한다.

내전 60주년에 부쳐

이제 길도 없다
남북을 잇는 다리도 망가지고
불신의 지뢰와 어뢰만이
서로의 경계선의 골만 깊게 한다
모두 네 탓뿐
자신의 허물 고백은 없다
내미는 손도 의심뿐이고
토해 내는 언어도 분노로 가득하다
어찌할 건가 우리 한민족이여
세계는 우리의 어리석음에
비웃음 던지고 얼굴 돌린다
제발, 이젠 부끄러움을 느끼자

세상에 제일 꼴불견
형제간 서로의 가슴 쥐뜯는 다툼
우리, 지혜로 이 분단을 극복하자
서로 보살피며 도움을 찾자
이 아름다운 세상
함께 행복하게 살자
벌써, 내전 시작 60주년
사실 전쟁은 아직도 진행 중이지만
한반도에서 평화의 깃발 흔들자
이 세찬 펄럭임으로
세계 평화 물결이 시작되게 하자
가자 평화로, 가자 번영으로!

철원역

끊어진 허리 그 사이로 외로이 서 있는 간이역
플랫폼에는 잡초만이 무성하네
신탄리역에서 기적 소리 멈춘 지 어언 70년
철원에서 금강산 가는 길도 이제는 추억이 되어
빛바랜 사진으로만 남아 있네
군사분계선 너머 잡힐 듯 나그네여 한잔 하세.

개성시

김포 애기봉에서 바라보는 북녘땅
잡힐 듯 잡힐 듯 잡히지 않는 저 산하는 70년이 흘렀네
철조망 사이로 푸른 강은 유유히 흐르고
한강과 예성강이 만나 바다를 이루는 곳에
철새들은 자유롭게 오고 가는데
왜 우리는 전망대에서만 70년인가
맑은 날에 송악산은 손에 잡힐 듯하고
저 강을 건널 수만 있다면
황금들녘에 인삼을 심어 보자
올 가정의 달에 철길이 열리고
도라산에서 봉동, 판문역을 거쳐
북의 최남단역 개성은 개성이 넘친다
유선형 무궁화호와 내연호는 나란히 손님을 맞이하고
개성공단과 관광이 시작되었네
선죽교에는 정몽주의 선혈이 남아 있는가
빗물에 깨끗이 씻기어 있는가
천년 고도는 잠에서 깨어
이방인을 맞이했네
개풍, 려현역을 거쳐
해주, 사리원역을 거쳐
옛 고구려의 수도 평양도 갈 수 있었으면
저 철길따라 갈 수 있다면
개성발 열차는 언제쯤 다시 오려나
도라산 전망대에서 실향민은 목청 높여 외친다
도라산역 통문이 열릴 때까지.

경의선

간다 간다 타고 간다 경의선을 타고 간다
서울에서 베이징까지
도리산역을 지나가면 개성역 고려의 혼이 깃든
송악산을 70년 만에
남북철도 연결되어 밟아 본다
유선형 무궁화호는 국경 아닌 국경선을 너머
바람을 가르며 북녘땅을 힘차게 달린다
개성역을 지나 해주, 황주, 사리원, 남포역을 거쳐
옛 고구려의 수도 평양까지 갔더라면 좋으련만
일회성으로 그치고 말았소
신의주를 지나면 광활한 만주 벌판이지만
빼앗긴 들에도 봄은 오는가
철교 밑 압록강은 유유히 흐르고
단동역에서 동포와 어절씨구 옹~헤야
요동반도를 요동치며 달리며
광개토대왕의 기상을 이어 간다
달려라 경의선 철마여.

압록강

강이 날 받혀 들고
바람따라 흘러가는 모습
물처럼 살어리랏다
구름처럼 살어리랏다
저 강물은 말도 없이 5천 년을 흘렀네
백두에서 서해까지
강은 국경 사이로 흘러흘러
사이다를 만든다
강변에는 백두산이 우뚝 서고
병자호란 이후의 반쪽짜리 산이라고
억지로 우기면 정말 곤란해
태조 이성계 지하에서 통곡하네
백두산은 주인 잃고
갈라진 국토를 하염없이 바라본다.

경원선

간다 간다 경원선을 타고 간다
용산에서 모스크바까지
왕십리 지나 청량리역에 도착하니
실향민들 줄을 섰네
동두천역 지나 철원역 철마는 다시 달린다
원산역을 지나면 함흥역 냉면 맛이 우리를 기다리네
눈보라가 휘날리는 바람찬 흥남부두가 차창 너머로
고향을 떠나온 지 어언 칠순이 되었네
금순이의 곱던 얼굴 이제는 주름이 가고
아버지의 고향 청진에서 감격의 포옹을 하고
성진 지나 한반도 북쪽 끝 나진역에서 푸른 하늘을 만끽하네
두만강 푸른 물에 노젓는 뱃사공과 수영하는 아이들이 어우러져
독도는 우리 땅을 목청껏 외치고 있네
광개토대왕의 숨결이 있는 연해주를 지나
광활한 시베리아 대륙을 신명나게 달리는 모습
바이칼호 강태공들은 힘이 솟고
유라시아 대륙을 KTX가 달린다.

월정리역

몇 년이 흘렀나
역사는 그대로인데
기적 소리 멈춘 지 어언 70년
세월에 흐름 속에 녹슨 기관차는
잡초만 무성한 레일 위에 주인 잃고
북녘땅을 하염없이 바라보네
기찻길 옆 지뢰밭은 숲으로 덮여져
이제는 고요한 적막만이 흐르도다
분계선 너머 가곡역에서 가곡을 부를 수 있는 날은
언제쯤 올 수 있을까
망설이는 사이 우리는 서로를 잃어 가네
철의 삼각지대여 너는 알고 있느냐
흐르는 빗줄기는 하늘의 눈물이라는 것을
용산발 원산행 열차는 70년째 돌아오지 않네
화통은 70년이나 침묵을 지키며
박물관에 먼저 간 장단역 화통과 장단 맞출 날을
그날을 기다리며
오늘도 쓸쓸히 인적 없는 플랫폼을 지킨다.

철마

기적 소리 울리며 플랫폼을 떠난 기차는
바람을 가르며 힘차게 달린다
윤기 나는 두 줄 위를 달리는 쇠수레는
낭만을 싣고 푸른 바다 주변을 달린다
동해선 철마는 달리고 싶었네
거진에서 금강산으로
산길따라 들길따라
자갈밭 위의 레일따라 달린다
차창 밖에는 산림이 우거지고
붉게 노을진 바다 위로 일출을 바라본다
차표 한 장에 정성 가득 담아
맛있는 거 많이 싸 가지고 고향을 향하는 마음
한가위 보름달처럼 풍성하노라
서울역, 용산역, 영등포역, 청량리역마다 붐비는 사람들
KTX와 우등열차는 귀성객을 기다리며
오늘도 고향을 향해 신나게 달린다.